AF188829

1

Johs. Wille

Sommertage mit Susanne

Die Handlungen und Personen sind frei erfunden.
Ähnlichkeiten mit der Realität sind zufällig.
Manchmal beabsichtigt.

Der Verfasser

Verlag Book on Demand Norderstedt

Bibliografische Information der Deutschen Nationalbibliothek:

Die Deutsche Nationalbibliothek verzeichnet diese Publikation in der Deutschen Nationalbibliografie; detaillierte bibliografische Daten sind im Internet unter http://dnb.dnb.de abrufbar.

1. Auflage 2018

Einbandgestaltung: BoD GmbH

Herstellung und Verlag:
BoD – Book on Demand, Norderstedt

ISBN: 978 – 3 – 748110 - 57 - 6

www.bod.de

Sommertage mit Susanne

Die Begegnung

Der Winter war noch nicht vergessen und der Frühling wollte nur zögernd beginnen. Noch sehr zaghaft. Jetzt, Ende März.

Ich lernte Susanne bei Jo kennen. Als er in seiner Holzwerkstatt das Frühlingsfest feierte und Leute eingeladen hatte.

„Jo, das klingt so irgendwie nach Ferne, etwa Australien.", erklärte mir Susanne später, irgendwann später.

Susanne wohnte und arbeitete in der Nachbarstadt und war am frühen Abend mit dem Zug zur Feier bei Jo gekommen.

Beide kannten sich, nach eigenen Worten „...länger, als die Erde sich um die Sonne dreht...". Also eigentlich immer. Und von irgendwo her. Genaueres weiß ich nicht.

Jo und ich waren in einer Stadt und der gleichen Straße aufgewachsen. Dann hatten wir uns aus den Augen verloren. Und nach Jahren, jeder lebte zeitweise woanders, trafen wir uns in der Stadt wieder, in der wir heute leben:

In der Provinz mit drei Kneipen, an deren Tresen stadtbekannte Thekenphilosophen über's Leben nachdenken und reden.

Jedoch hatte unsere Stadt eine interessante Umgebung mit kleinen und großen Seen. Die sollte Susanne mir dann später zeigen.

Doch darüber gilt es zur Zeit zu berichten...

Das aus großen Städten gewohnte pulsierende Leben fehlte und deshalb waren die privaten Feste eine willkommene Abwechselung im sonst eher ruhigen Einerlei in der Provinz. Aber, und das sei an dieser Stelle erwähnt, Jo und ich und andere Leute hatten sich vor einigen Jahren ausdrücklich für das Leben in dem Städtchen entschieden.

Jo, danach gefragt, sagte dazu:

„Hier bist du keinerlei Reizüberflutung ausgesetzt. Du kannst dein Werk schaffen, ohne irgendwelchen Trends nacheifern zu müssen!"

Nun also war die Feier bei Jo. Und noch bevor alle Gäste anwesend waren, stand Susanne im Raum: mittelgroß, so etwa einen Kopf kleiner als ich, ansehnliche Figur, interessantes Gesicht und dazu blonder als blonde Haare. Aber alles natürlich. Nichts gebeizt, wie meine Mutter es manchmal bezeichnete.

Die blonde natürliche Herrlichkeit entdeckte ich später. Auch einige dunkle Haare auf Susannes Kopf. Regelmäßig verteilt...

Erwähnt sei noch, dass Susanne zu den Menschen gehörte, die einen Raum mit Persönlichkeit ausfüllen, ohne zu bedrängen.

Jo ging zu Susanne, nahm ihre Hand und sagte:

„Das ist meine liebe Freundin Susanne!", und zu Susanne meinte er:

„Schön, das du gekommen bist!", Jo schob Susanne zu einem der großen Sessel und drückte sie in das Polster.

Dann ging er an den Tisch, nahm ein Glas, goss Wein hinein und reichte es Susanne.

Die bedankte sich mit einem Lächeln, von dem Eis geschmolzen wäre.

Ich hatte Susanne noch nie bei Jo gesehen.
Auch nicht bei gemeinsamen Freunden.
Aber, zugegeben, ich war nun auch kein beständiger Besucher auf Festen und Feiern.
Allerdings, bei Jo war ich immer und gerne.
Möglich auch, Susanne besuchte dann die Feiern meiner und Jo's Bekannten, wenn ich nicht anwesend war...
Alles möglich...

An diesem Abend beobachtete ich Susanne, die es sich in einem der großen Stühle recht bequem gemacht hatte und nun wiederum dem

Gespräch aufmerksam zuhörte.

Es waren, dass sei bemerkt, keine schwerwiegenden Probleme, die besprochen wurden.

Eher eine Unterhaltung zwischen Leuten, die sich einige Zeit nicht begegnet waren und Neuigkeiten austauschten.

Dann blickte Susanne zu mir, sah mich lange an und fragte:

„Du bist zum ersten Mal hier?"

„Nein! Jo und ich kennen uns schon länger. Ich habe überlegt, ob ich dich hier schon gesehen habe!"

Nach diesen Worten war unser erster Wortwechsel beendet.

Dann, nach wenigen Augenblicken, meinte Susanne:

„Also haben wir beide das gleiche oder ähnliche Problem!"

„Nämlich?"

„Jeder von uns war schon bei Jo zu Besuch gewesen. Aber immer dann wenn der andere nicht da war!"

„Stimmt!"

„Ja, so mag es bisher gewesen sein!", Susanne sah mich erneut an.

Und ich bestätigte:

„Ja, das ist so durchaus möglich! Ja!"

Dann fragte mich Susanne, ob ich mitkomme:
„In die Küche!"
Jo hatte ein Buffet angerichtet.

„Ja! Selbstverständlich!", sagte ich und war Susanne dabei behilflich, aus dem tiefen Sessel zu kommen und hielt ihr auch die Tür zur Küche auf.

Ich meinte, Susanne war das sehr angenehm, sie genoss das. Drehte sich manchmal nach links und blickte nach rechts. So als wollte sie verkünden, es gibt eben doch noch höfliche Männer...

Ich reichte Susanne den Teller. Und da war das erste Mal diese Berührung. Scheinbar zufällig und nicht beabsichtigt und sehr sacht an meinem rechten Unterarm.

Aber sehr genau und zu keinem anderen Zeitpunkt. Nicht Augenblicke zu früh oder Sekunden zu spät und genau an der beabsichtigten Stelle platziert.

Damit war es ihr gelungen, meinen Beschützerinstinkt zu wecken. Ich stellte mich hinter Susanne und hoffte, sie damit vor möglichen Gefahren zu bewahren.

Und ich meinte damals, Susanne fühlte sich so sehr wohl, beinahe geborgen.

Sie legte etwas davon und ein wenig hiervon auf ihren Teller. Und dazu noch ein Häppchen von dem köstlichen Reissalat und einen gehäuften Löffel mit einr anderen Köstlichkeit.

Abschließend kamen zwei kleine Tomaten, Cherrytomaten, auf ihren Teller

Ich folgte Susanne, die sehr langsam am Tisch entlang ging und nahm auch von vielem ein wenig. Ich wollte von allem etwas auf meinen Teller legen.

Am Ende des Tisches angekommen, fragte mich Susanne:

„Und nun?"

„Essen wir alles auf!"

Ich begleitete sie zur Küchentür, öffnete und ließ ihr wieder den Vortritt.

Als sie sich in den Sessel setzen wollte, nahm ich ihr den Teller ab.

Ich spürte, auch diese Begleitung war sehr in ihrem Sinne. Sie belohnte mich mit einem langen Blick und einer weiteren, kaum mehr zufälligen, Berührung als ich ihr den Teller überreichte...

*

Die Feiern bei Jo beendete meist erst der frühe Morgen.

Ich habe es sehr selten erlebt, dass die letzten Gäste bereits in der Nacht gingen.

Einmal frühstückten sogar alle zusammen...

Das deutete sich auch an diesem Abend an. Man saß zusammen, trank wenig und sprach iel über den sprichwörtlichen Gott und seine Welt. Wie immer die auch gestaltet sein mochte...
Doch darüber möchte ich mich nicht äußern.

Ich bemerkte, auch Susanne war am frühen Morgen noch ein aufmerksamer Zuhörer und wurde, je länger sie bei der Gesprächsrunde saß, immer häufiger in die Diskussion einbezogen.
Und auch zwischen Susanne und mir entwickelte sich ein längeres Gespräch, manchmal durch Pausen unterbrochen
Auch darüber möchte ich mich nichts Weiteres schreiben...

*

Es mag um fünf am Morgen gewesen sein, als Jo sagte, er würde jetzt zum Bäcker gehen. Brötchen holen. Das wurde mit Zustimmung bedacht.
Einige Gäste bereiteten den großen Tisch in der Werkstatt für das gemeinsame Frühstück vor. Jo hatte damit gerechnet, dass wir bis zum Morgen, dann aber nicht länger, bleiben.
Er hatte auch in der Küche entsprechende Vorkehrungen getroffen.
Ich begann, mich mehr um Susanne zu

bemühen.

Also überließ ich es nicht dem Zufall, neben ihr sitzen zu können.

Ich meine heute, dass bemerkte sie und ließ mich gewähren. Und das wiederum war für mich die Aufforderung für weiteres Bemühen.

Wieder konnte Susanne zufällige, scheinbar zufällige Berührungen platzieren. Ich empfand das als angenehm und begann, mit mir selbst Voraussagen zu treffen, wann es das nächste Mal sein würde, dass Susanne meinem Arm begegnete und die Härchen sich aufrichten würden.

Aber das war für Susanne offenbar nicht mehr interessant. Statt dessen legte sie ihre Hand auf meinen Arm, als sie mich nach etwas fragte.

So, wie Besitz, den wir nicht verhandelt hatten, anzuzeigen, hielt sie ihre Hand auf meinem Arm.

Nach einer Weile begann sie, für mich überraschend und von den anderen nicht zu bemerken, mit einem Finger sehr sacht, meinen Arm zu streicheln. Es waren nur sehr sanfte Bewegungen, die bis in mein Innerstes wirkten und eine wohlige Erregung auslösten. Und nach mehr verlangten...

*

Es war für uns selbstverständlich, bevor wir Jo in seiner Werkstatt allein ließen, gemeinsam die Spuren unseres nächtlichen Besuches beseitigten.

Dann stand ich unverhofft vor Susanne. Genau in diesem Moment, als irgendjemand den letzten Stuhl wieder zurecht rückte.
Susanne blickte mich an, sagte kein Wort und legte ihre Hand auf meinen Arm.
Ich hatte verstanden. Sie wollte gehen und fragte mich:
„Kommst du mit?"
„Soll ich dich zum Bahnhof bringen?"
Susanne antwortete nicht, zog statt dessen ihren Mantel an wickelte einen langen Schal um den Hals und sagte:
„Komm!"
Ich hatte meine blaue Jacke soeben zugeknöpft, als Susanne mich zur Tür zog, an der Jo stand und meinte zu ihm:
„Es gibt doch noch Kavaliere! Richtige Männer! Die nicht zulassen, dass man, besser Frau, allein durch die Nacht geht!"

Wir bedankten uns für den Abend und die Gastfreundschaft und unter Jo's aufmerksamen Blicken schob Susanne mich aus der Werkstatt. Als wir einige Schritte und aus dem hellen Licht der Fenster gegangen waren, stellte Susanne sich auf die Zehenspitzen und flüsterte in mein Ohr:

„Und jetzt gehen wir zu dir!"

Ohne meine Antwort abzuwarten, zog Susanne mich weiter, während ich überlegte, dass ich auf derartigen Besuch nicht vorbereitet war. Denn es gab spätestens jetzt keine Zweifel daran, wie sich dieser sehr frühe Morgen weiter gestalten würde.

Susanne hielt sich an meinem Arm fest und ich überlegte weiter, man, also ich, könnte einige Kerzen anzünden.

Nur kein Licht!

Die erste Nacht

Susanne setzte sich auf meinen Schoß und begann langsam, ihre Bluse aufzuknöpfen.

Immer dann, wenn sie einen Knopf ihrer Bluse geöffnet hatte, tat sie das auch an meinem Hemd.

Nachdem der dritte Knopf meines Hemdes und der vierte ihrer Bluse offen waren, begann sich in meiner Hose etwas zu regen.

Zunächst sehr zaghaft. So wie ein verschlafenes Wesen, das erweckt wird.

Den meisten Männern ist das peinlich. So lieb und so gern sie ihren Schwanz auch haben.

Jedenfalls ging es den meisten Männern so, die ich kannte. Der steife und bebende Schwanz, so die allgemeine Meinung, würde sie zum geilen Bock klassifizieren.

Bei Frauen war das anders. Bis auf die Tatsache, dass deren Nippel hart wurden, war ihre Erregung nicht zu sehen.

Susanne wusste das. Denn nachdem sie den fünften Knopf ihrer Bluse geöffnet hatte, rutschte sie etwas zur Seite, fühlte mit ihrer Hand nach meinem Schwanz und meinte:

„Da will jemand 'raus! Geht gleich los!"

Susanne drückte mit der flachen Hand zwei oder

drei Mal auf meine Hose. Genau dort, wo mein Schwanz allmählich hart und groß wurde.

Dann setzte sie sich wieder auf mich und öffnete einen weiteren Knopf meines Hemdes.

Als ich den nächsten Knopf ihrer Bluse geöffnet hatte, holte ich vorsichtig, beinahe tastend, zunächst eine und danach die andere ihrer festen Brüste hervor.

Ich bemerkte, die Nippel begannen, hart zu werden. Bei Frauen ein nahezu untrügliches Zeichen dafür, dass es jetzt nur noch in außergewöhnlichen Situationen ein Zurück gab. Der 'point of no return' war erreicht!

Susanne sagte leise, aber bestimmt:

„Das machen wir doch ganz anders!"

Dann öffnete sie noch einen Knopf ihrer Bluse und zog sie aus der Hose.

Ich hatte am Abend bei Jo nicht bemerkt, dass Susanne nichts weiter unter der Bluse trug. Allerdings hatte sie da noch einen Pullover angezogen...

Susanne hatte schöne, weil ebenmäßig geformte, Brüste. Nicht zu klein und ebenfalls nicht zu groß...

Eine Freundin hatte mir 'mal erklärt, weil danach von mir gefragt, das regelmäßige Tragen eines BH würde verhindern, dass die Brust einer Frau bereits in jungen Jahren schlaff wird:

„Besonders dann, wenn es etwas mehr ist, was einer Frau gewachsen ist!"

Nun waren Susannes Brüste alles andere, als 'etwas mehr', den Rat meiner früheren Freundin schien sie aber zu kennen und zu befolgen.

Vorsichtig begann ich, Susannes Brüste zu streicheln und auch mit den Daumen meiner Hände die Nippel zu berühren. Dafür bedankte sie sich mit einigen tiefen und allerdings leisen, Seufzern.

Dann begann ich, die Gürtelschnalle ihrer Jeans zu öffnen und, ohne Zeit zu verlieren, den Bundknopf der Hose.

Susanne setzte sich gerade auf mich, richtete sich dann etwas auf und ich öffnete den Reißverschluss ihrer Hose.

Sie stand auf, zog sich aus und als sie nackt vor mir stand, meinte sie:

„Worauf wartest du? Soll ich dir helfen?"

Ohne meine Antwort abzuwarten, streifte Susanne mir mein Hemd über den Kopf und machte sich danach sofort am Gürtel meiner Jeans zu schaffen.

Mein Schwanz war inzwischen zu respektabler Größe gewachsen.

Susanne begann jetzt, mir Jeans und Slip herunter zu ziehen. Dann sprang ihr mein

Schwanz entgegen. Wie ein aus dem Käfig befreites Tier. Und Susanne meinte bei seinem Anblick:

„Da muss 'was passieren!"

„Da kann auch 'was passieren!", antwortete ich.

Susanne begann vorsichtig, sehr vorsichtig, meinen Schwanz mit zaghaften Berührungen zu streicheln.

Und der wurde immer größer und zuckte leicht mal von oben nach unten, mal von links nach rechts. Aber nur ein wenig. So, als verlangte er nach weiteren Zuwendungen. Ich wusste, er hatte seine endgültige Größe noch nicht erreicht.

Nun nahm ich Susanne an die Hand und führte sie zu meinem Bett.

Immer am Freitag jeder Woche bezog ich das mit neuer Wäsche. Bezug. Kopfkissen, Laken. Alles neu. Jeden Freitag.

Wir hatten die vergangene Nacht bei Jo verbracht. Und jetzt, am Sonnabendmorgen, war die Bettwäsche noch taufrisch und unberührt. So, wie ein Frühlingsmorgen...

Ich legte Susanne auf mein Bett und betrachtete und bewunderte einen Moment, nur einen sehr kurzen Moment, ihre volle weibliche Pracht, die sich mir jetzt hingeben würde...

Meine Erwartung auf die bevorstehende Fickerei

steigerte sich, je länger ich Susanne, wenn auch nur wenige Sekunden, betrachtete.

Als ich Susanne sanft auf mein Bett drückte, nahm sie meinen Schwanz erneut in die Hand und zog mich neben sich. Und öffnete ihre Beine.

Ich begann, mit meinem Mittelfinger vorsichtig und sanft und langsam in sie einzudringen.

Und Susanne begann, zunächst sehr langsam, meinen Schwanz zu massieren. So, als müsste sie etwas ausprobieren. Ihre kleine und kräftige Hand umfasste ihn und nach einigen Bewegungen legte sie die Schwanzspitze frei.

Ich bemerkte, dass Susanne immer feuchter wurde. Sie hatte jetzt die Beine weit geöffnet und ein wenig hochgezogen.

Dann sagte sie leise in mein Ohr:

„Bitte fick mich jetzt! Jetzt sofort!"

Gleichzeitig forderte sie mit sanftem Druck ihrer Arme, mich auf sie zu legen.

Ich tat, was sie verlangte, legte mich zwischen ihre weit geöffneten Beine, stützte mich auf meine Arme und setzte meinen harten Schwanz an ihrer Knospe in der Spalte an.

Susanne stieß einen leisen Seufzer aus und ich begann, mit meinem Schwanz einige Male die Spalte auf und ab zu reiben. Das löste bei ihr Verlangen aus. Sie hatte beide Hände auf meinen Po gelegt und genau in dem Moment, als mein Schwanz die richtige Position erreicht hatte, drückte sie mich langsam in sich hinein.

Ich hatte das Gefühl, meine Schwanz ist unendlich lang und das Eindringen hörte nie auf. Susanne hatte ihre Schenkel jetzt weit hochgezogen und darum konnte ich sehr tief in sie eindringen. Sie hielt meine Pobacken fest, so dass ich nicht wieder aus ihr herausgleiten konnte.

Ich blieb einige Augenblicke ruhig und tief in ihr und bewegte den Schwanz nicht.

Susanne verringerte den Druck ihrer Hände auf meinen Po und ich begann, sie langsam, sehr langsam, zu ficken. Bei jedem Stoß zuckte sie ein wenig und stieß einen sehr leisen Schrei aus. Beinahe einen geflüsterten Schrei. Sie flehte mich an:

„Bitte fick mich jetzt durch! Ganz lange!"
Ich begann nun, zwischen zwei kräftigen, schnellen und tiefen Stößen, Susanne mit einigen langsamen Stößen zu ficken. Dabei zog ich den Schwanz soweit heraus, dass nur noch die Spitze ein wenig in ihr war. So etwa zur Hälfte.
Susanne flüsterte in mein Ohr:

„Das ist ja jedes Mal, wie neu 'reinkommen !"

Dann, so bemerkte ich, war Susanne so weit,

um mit langen und tiefen Stößen gefickt zu werden.

Sie hatte die Knie mit den Händen umfasst und an sich gepresst.

Ich hatte mich wieder auf meine Arme gestützt und blickte auf dieses wunderbare Exemplar von jungem Weib, das unter mir lag und mein Ficken erlebte und genoss...

Susanne begann, mitzuficken. Lange und andauernd. Und mit kräftigen Bewegungen schob sie sich mir entgegen und begann, ihre Lust, zunächst leise und dann lauter, herauszurufen. Und in diesem Moment war ich sehr froh darüber, dass die Mitbewohner im Haus ältere Leute waren, die bereits seit Jahren mit Hörproblemen beim Arzt saßen...

Dann bat mich Susanne:

„Jetzt! Bitte komm jetzt!"

Das war genau in dem Moment, bevor ich mit dem nächsten Stoß meinen Samen in sie hinein fickte...

Es war unser erstes gemeinsames Kommen bei einem Fick. Danach konnte ich mich für einige Sekunden an nichts erinnern, mich nicht kontrollieren. Ich sackte zusammen. Hatte ich mich bis soeben auf meine Arme abgestützt, um Susanne das mitficken zu ermöglichen, so lag ich nun auf ihr, während sie ihre Füße auf meine

Waden gelegt hatte.

Das war mir schon mit anderen Partnerinnen passiert. Aber noch nie hatte ich die Besinnung für einige Sekunden verloren.
Ich hörte dann, wie mir Susanne ins Ohr sagte:
„Du bist etwas schwer!"

Davon wachte ich wieder auf und rückte ein wenig zur Seite, um Susanne zu entlasten. Ich achtete darauf, dass mein Schwanz in ihr blieb. Der war noch so groß, dass es für drei oder vier weitere Stöße reichte. Aber dann merkte ich, dass der jetzt erst einmal nicht weiter ficken wollte.
Gemeinsam bemühten wir uns, dann auch erfolgreich, die Bettdecke auf uns zu ziehen.

Anschließend legte ich eine Hand auf ihren wunderbaren und festen Schenkel und schob die andere unter ihren Po.
So schliefen wir ein...

*

Als ich erwachte, lag Susanne eng an mich gekuschelt. Wir hatten im Schlaf von uns gelassen.

Ich blickte zum Fenster und sah am Rand des

herunter gelassenen Rollo das helle Licht des Tages. Es musste jetzt später Vormittag sein, etwa gegen elf.

Susanne schlief und atmete gleichmäßig und mein Schwanz war jetzt klein.

Als ich Susanne neben mir sah, sie hatte ein Bein unter der Bettdecke versteckt und das andere lag auf dem Laken, wunderschön und sehenswert der Schenkel, signalisierte mein Gehirn zum Schwanz:

„Nackte Frau im Bett! Ficken möglich!"
Jedoch respektierte ich den Schlaf anderer Leute, also auch den von Susanne.

Allerdings, wenn sie jetzt wach würde und nach Sex verlangen, hätte sie ein leichtes Spiel.

Ich überlegte, aufzustehen, zu duschen und Kaffee oder Tee zu kochen. Dann würde ich mich mit einem Buch zurückziehen oder am Schreibtisch sitzen.

Ich entschied mich, neben Susanne und im Bett zu bleiben. Ich nahm sie erneut in den Arm, sie kuschelte sich an mich.

Als ich dann wieder erwachte, hielt ich Susanne noch immer im Arm.

Sie hatte das rechte Bein auf mich gelegt und meinen Schwanz hielt sie mit der Hand umfasst. Dem gefiel das und er war ruhig und genoss die

Aufmerksamkeit.

Jetzt, am Sonnabendnachmittag, waren noch keine vierundzwanzig Stunden vergangen, seit wir uns getroffen hatten.

In der Nacht saßen wir mit anderen Leuten bei Jo und den Tag verbrachten wir gemeinsam in meinem Bett. Wenn wir nicht schliefen, hatten wir gut miteinander gefickt.

Zugegeben, in der Vergangenheit geschah es sehr selten, dass ich jemanden zum ficken eingeladen habe. In den meisten Fällen bin ich mitgegangen. Dann konnte ich, eine einfach zu erklärende Tatsache, dann gehen, wann ich es wollte. Oder bleiben.

Meistens bin ich gegangen. Bedankte mich, zog die Jacke an und dann die Tür ins Schloss.
Ja, ich bedankte mich! Eigentlich für vieles: Für die gemeinsam verbrachte Zeit, meistens nur einige Stunden, für die mir entgegen gebrachte Aufmerksamkeit und, letztendlich dafür, dass wir miteinander gefickt hatten.

*

Seit ungefähr drei Jahren hatte ich in meinem Bett keinen Besuch.

Seit der Nacht, als ich Carla, Carla mit „C", worauf sie großen Wert legte, mit zu mir nahm.

Wir tranken Rotwein, redeten und rauchten. Damals war mein Zigarettenkonsum nicht unerheblich. Irgendwann haben wir miteinander gefickt. Zwei- oder dreimal bis zur Morgendämmerung.

Carla gab sich wirklich Mühe, mir zu gefallen. Aber irgendetwas sagte mir, dass da was nicht passte zwischen uns. Vielleicht war's der Altersunterschied. Fünf Jahre sind immerhin zu beachten.

Und ich meinte, sie suchte 'ne dauerhafte Beziehung. Nicht bloß an manchem Wochenende so laue Fickereien. Sie suchte einen Mann für's Leben. Für ihr Leben. Sie meinte, den in mir gefunden zu haben. Und begann, noch in dieser Nacht zu klammern. Erklärte mir, alles für mich sein zu wollen, Frau, Freundin, Geliebte und Nutte... Und wer weiß, was noch alles...

Und das in einer rotweinseligen und durchfickten Nacht...

Irgendwie konnte ich Carla zum gehen bewegen...

Sie kam dann noch einige Male zu den eigentlich unmöglichsten Zeiten zu mir.

Irgendwann habe ich nicht mehr geöffnet.

Notlösung...

Und seitdem bin ich zu den Bekanntschaften lieber mitgegangen...

*

So, wie ich es damals spürte, mit Carla würde es nicht passen, spürte ich jetzt, mit Susanne könnte es 'was werden. Beziehungen sind ohnehin immer ein Vabanque-Spiel. Nicht nur deshalb, weil Susanne gut und wohl auch gerne fickte. Darauf sollte man ohnehin keine Beziehung aufbauen!

Ich hatte Susanne bei Jo beobachtet. Zugehört, was sie sagte und wie sie sich äußerte, wie sie ihre Meinungen begründete und erklärte.

Damals meinte ich, hätte Susanne gefragt, ob sie sofort bei mir einziehen könnte, ich hätte sie mit offenen Armen und gern aufgenommen. Doch sie fragte mich nie und wir haben auch nie darüber gesprochen...

Susanne begann, sanft meinen Schwanz zu streicheln. Nur mit der Fingerkuppe und vor allem an seiner Unterseite.
Zunächst bemerkte ich das nicht. Jedenfalls nicht die ersten von vielen weiteren erneuten und liebevollen Zuwendungen.

Aber mein Schwanz war da bereits dabei, in Susannes Hand zu wachsen. Er hatte die Zeichen verstanden.

Bald hatte er seine Arbeitsgröße erreicht und Susanne flüsterte:

„Das ging ja schnell!"

„Der ist ausgehungert, entwöhnt!", antwortete ich.

„Ich auch!", sagte Susanne und legte sich auf mich. Sie begann, viele Streicheleinheiten auf mir und überall zu verteilen. Zwischendurch massierte sie meinen Schwanz.

Sie legte seine Spitze frei und ließ von ihrer Spucke darauf tropfen. Die verrieb sie dann mit ihrem Daumen.

Als ich Susanne auf den Rücken und zum ficken zurecht legen wollte, sagte sie:

„Nein!"

Dann setzte sie sich auf mich und im gleichen Moment schob sie sich meinen harten Schwanz 'rein.

Dann begann sie, sich langsam auf ihm zu bewegen.

Sie hielt inne, beugte sich vor und dann über mich, schob ihre Arme unter meinen Rücken und hielt mich fest.

Auf mir liegend, hatte sie ihre Schenkel weit geöffnet und sagte zu mir:

„Fick mich weiter! Bitte!"

Mit meinen Händen fasste ich an ihre festen Pobacken und dann begann ich, zunächst sehr langsam, ihr meinen harten Schwanz 'rein zu schieben.

Jedes Mal, wenn ich tief in ihr war, gab sie einen leisen Ton von sich. So, als Bestätigung für meine Bemühungen.

Als ich sie dann mit immer schnelleren Bewegungen fickte, verdichteten sich Susannes Töne zu einer Melodie, die mir ihre Zustimmung signalisierte.

Dann sagte Susanne in diese Melodie hinein:

„Jetzt gib mir deinen Samen!"

Zugleich löste sie ihre Umklammerung und richtete sich soweit auf, dass sie sich mit ihren Armen abstützte und nun über mir war. Ihre Schenkel hatte sie jetzt an mich gepresst.

Ich spürte bereits seit einigen Stößen, dass mein Samen begann, sich zu sammeln. Nun stieß ich noch schneller zu.

Susanne richtete sich auf und saß jetzt auf mir. Sie hatte ihre Arme hinter sich verschränkt und ihr Gestöhn, in das immer wieder ihr Verlangen nach meinem Samen zu hören war, zeigte mir, sie würde bald kommen.

Immer kräftiger und schneller stieß ich meinen Schwanz in sie hinein und hielt mich dabei an ihren Schenkeln fest.

Susanne schrie leise auf und in diesem Moment schleuderte mein Schwanz den Samen tief in sie hinein. Nach dem Hauptstoß zuckte mein Schwanz noch drei oder vier Mal, um auch den letzten Samenfaden dieser Ladung in Susanne hinein zu geben.
Die lag danach völlig entspannt auf mir und keuchte noch leise.

Ich drückte ihr Becken auf meinen allmählich kleiner werdenden Schwanz. Und dann drehten wir uns so, dass ich mit meinem Oberkörper neben Susanne zu liegen kam, mein Becken sich zwischen ihren schönen und wohlgeformten Schenkeln befand und mein Schwanz, nun etwas schlaffer, noch immer in ihr steckte und so verhinderte, dass mein Samen aus ihr lief.

Wieder hatte ich meine Hände auf ihre Schenkel gelegt und streichelte mit den Fingern die zarte Haut. Es war für mich ein erregendes Gefühl, trotz des soeben erfolgten Samenerguss, ihre Schenkel zu streicheln.

Manchmal meinte ich, ein Schenkelfetischist zu sein. So, wie andere Männer die Brüste einer Frau bewunderten und sich an deren Größe und Form aufgeilten, so hatte ich ein Faible für die Schenkel einer Frau. Ohne allerdings schöne und wohlgeformte Brüste zu verschmähen,

„Mir ist kalt!", sagte Susanne leise in meine Überlegungen hinein.

Ich zog die Bettdecke über uns. Sehr vorsichtig, um aus Susanne nicht heraus zu rutschen.

*

Als ich nach einem sehr kurzen Tiefschlaf erwachte, vielleicht war es nach zehn Minuten oder einer Viertelstunde, hatte Susanne erneut ihren schönen und wohlgeformten Schenkel über mich gelegt und eine Hand lag auf meinem Oberkörper.

Ich wollte aufstehen, scheute mich jedoch davor, Susanne vielleicht zu wecken. Hinzu kam, dass eine meiner Hände auf ihrem Schenkel lag, um noch mehr von dem angenehmen und festen Fleisch zu erleben.

Der Drang, meine Blase entleeren zu müssen, verstärkte sich.

Langsam begann ich, mich aus Susannes Umklammerung zu lösen.

Sie wurde wach und flüsterte in mein Ohr:

„Nicht weggehen! Bei mir bleiben!"

„Nein, ich gehe nicht weg! Von dir schon gar

nicht!", antwortete ich ebenso leise.

Dann war Susanne wieder eingeschlafen und ich stand auf und ging zur Toilette.

*

Jetzt, am Abend, Kaffee zu trinken, erschien mir unpassend.

Tee, ja Tee, nicht zu süß, schien mir geeigneter, Den bereitete ich, mit einem Bademantel bekleidet.

Ich bemerkte nicht, dass Susanne hinter mir stand. Erst als sie sich an mich schmiegte, spürte ich ihren bettwarmen Körper und wurde ihrer Nähe gewahr.

Sie hatte sich eines meiner Hemden übergestreift. Die Ärmel waren irgendwie hoch gekrempelt und der untere Saum endete an ihren Knien.

„Ich will bei dir sein!", sagte Susanne und beobachtete mich, während sie fragte:

„Nehmen wir den Tee im Bett? Da ist es so schön warm!"

„Wenn du das möchtest!"

„Dann soll das Bett nicht auskühlen!" und sie ging dahin zurück, wo wir in den vergangenen Stunden so wunderbar gefickt hatten.

Als ich mit dem Tablett und darauf alles gelegt und gestellt und gestapelt, was wir jetzt benötigten, in das Bettzimmer kam, saß Susanne, die Bettdecke um ihre Beine gelegt, mit dem Rücken zur Wand und strahlte mich glücklich an.

Ich stellte die Bettbank, ein kleines Tischchen, so, dass Susanne ihre Tasse ohne Mühe darauf abstellen konnte, auf das Bett.

Für mich zog ich den Sessel neben die Bettkante. Dann goss ich Tee ein und Susanne sagte:

„Ich habe noch nie mit einem Mann am Abend im Bett Tee eingenommen!"

„Dann war der Richtige bis jetzt nicht dabei!"

„So viele waren's nun auch nicht!"

„Viele?", fragte ich.

„Einige. Fünf oder sechs. Wenn ich Klaus mitzähle."

„Warum erwähnst du das?"

„Damals, auf dem Gymnasium, hatte ich einen Freund. Eigentlich ein richtig netter Kerl. So'n Typ 'best friend in town'. Mit dem hättest du um die Welt segeln können..."

„...und wärst angekommen!"

„Ja! Da war dann, so gegen Ende der zehnten, Anfang der elften Klasse, bald mehr angesagt, als nur herumknutschen und Händchen halten. Manche Mädchen aus der Klasse hatten einen festen Freund. Mit dem, und das besonders im Sommer am See, fickten sie auch schon regelmäßig. Und in den Pausen schwärmten sie davon, wie toll und entspannend das wäre..."

„Das ist, besser war, auch bei den Jungen so. Kenne ich...!"

„Ich weiß!", Susanne sah mich an und berichtete weiter:

„Jedenfalls habe ich dann begonnen, mit meinem Freund etwas mehr zu versuchen, als 'rumzuknutschen. Aber immer dann, wenn es richtig losgehen sollte..."

„Bei Frauen würde es jetzt heißen, da wurden die Knie zusammen gedrückt..."

„So ungefähr. Mal bekam er ihn nicht hoch. Trotz gründlicher Massage. Mal war das und dann wieder jenes..."

„Ich wollte auch nicht die Letzte sein, die das Wunder der Entjungferung erfährt!"

„Und dein Freund?"

„Der zog mitten im Schuljahr, so um Ostern, weg. Und nicht nur drei Straßen weiter. Sein Vater hatte einen Job im Ausland bekommen..."

„Aha!"

„Jedenfalls habe ich, von wem, weiß ich nicht mehr, später erfahren, dass er einer Gemeinschaft angehörte, deren Mitglieder vor der Ehe keinen Sex haben dürfen! Weiß ich, weshalb..."

„Das soll es geben!", bestätigte ich, „Aber nun hattest du ein Problem! Freund weg und 's war noch immer nicht erledigt!"

„Stimmt! Also vertraute ich mich meiner besten Freundin an. Die fickte mit ihrem Freund schon lange!"

„Und?"

„Die fiel aus allen Wolken, als sie das hörte und fragte sofort, ob ich etwa als Jungfer an die Uni gehen wollte. Und erklärte ohne Umschweife, Hilfe zu beschaffen!"

„Aha!"

„Ja! Claudia hatte bald Geburtstag und den durfte sie dann bereits das dritte Jahr im Bungalow ihrer Familie am See feiern. Ihre Mutter und ihr Vater waren recht fortschrittlich und meinten, Klagen können kommen, aber keine Kinder!"

„Das ist mehr, als in der damaligen Zeit erwartet werden konnte!"

„Meine ich heute auch. Jedenfalls wurde im Juli, am zweiten Wochenende, so was vergisst man nicht, an den See gefahren und gefeiert. Claudias Freund Peter hatte seinen Cousin Klaus mitgebracht. Der war bei ihm zu Besuch und wohnte eigentlich irgendwo, einige dutzend Kilometer entfernt. Und irgendwann hatte ich den auch schon 'mal gesehen. Na ja, lange Rede..."

„Ja!"

„Irgendwann waren wir vier dann noch übrig. Claudia und Peter verschwanden dann auch bald nach Nebenan. Und Klaus machte sich an mir zu schaffen..."

„Das hätte ich auch getan!"

„Ich spürte sofort, der machte das nicht zum ersten Mal. Kurze Zeit später lagen wir nackt auf dem Sofa und Klaus hatte inzwischen einen riesengroßen Schwanz...", Susanne sah mich an und ich hatte den Eindruck, sie erlebte diese Situation noch einmal, während sie davon erzählte. Dann sagte sie weiter:

„Langsam drückte er meine Schenkel auseinander und setzte dann seinen Schwanz an. Genau am Eingang. Ich konnte es kaum erwarten, dass er in mich hinein kam und schob ihm mein Becken entgegen. Dann, als er mir seinen harten Schwanz ein Stück 'reingeschoben hatte, zögerte er noch einen Augenblick und glitt dann bis zum Anschlag in mich hinein. Er begann erst langsam und dann immer schneller, mich zu ficken. Er brauchte nicht lange, um mir nach einigen schnellen Bewegungen seinen Samen hinein zu spritzen... So wurde ich entjungfert!"

„Aha!"

„Als wir fertig waren, sagte er, nicht bemerkt zu haben, dass ich noch Jungfer gewesen bin.

Aber schön war's trotzdem!"

„Also hatte deine Freundin ihn als Deflorateur bestellt?"

„Ja! Später habe ich erfahren, dass ich nicht die Erste und Letzte war, der er geholfen hatte! Auf alle Fälle war das nun erledigt!", Susanne sah mich an und fragte dann:

„Und wie war dein erstes Mal?"

Susanne hatte sich jetzt sehr tief in die Bettdecke gekuschelt und war soweit an mich herangerückt, dass sie meine Hand halten konnte.

Dann sagte ich:

„Als ich etwa vierzehn Jahre alt war, begann sich bei jeder Gelegenheit in der Hose 'was zu regen. Ein sicheres Zeichen dafür, dass mein Schwanz nun auch 'mal in Betrieb genommen werden wollte. Jedenfalls hormonell..."

„Bei Jungs und Männern ist das oft nicht zu übersehen!", sagte Susi, „Frauen haben es da besser!"

„Stimmt!", bestätigte ich und sagte weiter:

„Zwei Jahre später, im Sommer am Strand, hat Heidi mich dann unter ihre Fittiche genommen!"

„Wie?", sagte Susanne und blickte mich etwas ungläubig an, als sie fragte:

„Nur erklärt?"

„Nee, nee! Keine mündliche Belehrung! Wir

haben am Strand in einer tiefen Sandburg gefickt. Sozusagen als praktische Belehrung!"

„Ich dachte schon...", Susanne grinste mich an und meinte dann:

„Und nur die Möwen sahen zu!"

„Davon gehe ich noch heute aus. Heidi war zwei Jahre älter und ab dem Strandfick waren wir zusammen. Sie meinte damals zu mir, ich hätte das ganz gut gemacht und wir müssten das wiederholen. Öfter sogar!"

„Damals schon so ein guter Bock gewesen! Sieh an!", Susanne grinste und blickte auf die Stelle, an der sie meinen Schwanz vermutete. Doch der blieb ruhig und erholte sich und bereitet sich auf die kommende Nacht vor.

„Also am Strand...", sagte sie leise.

„Ja! Wir waren mit mehreren Leuten am Strand. Und selbstverständlich verschwand immer 'mal jemand mit jemandem. In die Dünen, obwohl die nicht betreten werden durften... Oder 'n bisschen weiter weg. Das störte die anderen nicht..."

„Also fickte da auch alles so'n bisschen durcheinander?"

„Anfangs ja. Aber wenn sich zwei gefunden hatten, wurde das akzeptiert."

„Kenne ich. Bald nachdem Klaus, wie hast du ihn genant...?"

„Deflorateur!"

Also bald nachdem der Deflorateur, übrigens eine schöne Bezeichnung, sein Werk an mir verrichtet hatte, lief mir Paul über den Weg. Mit dem war ich richtig lange zusammen. Knapp vier Jahre, was ja damals und in dem Alter eine halbe Ewigkeit war..."

„Ja! Ja!"

„Na, jedenfalls hat Paul mir dann 'ne Menge beigebracht. So über's Leben und im Allgemeinen. Der war zwei Jahre älter als ich und schon von zu Hause ausgezogen..."

„Mit eigener Bude?"

„Na sicher! Ganz romantisch Nachts haben wir die Sterne beobachtet. Die hat er mir dann auch erklärt. Und dann hat er mir die Männer erklärt..."

„Und meinte dabei sich..."

„Ja! Aber das habe ich damals noch nicht bemerkt! Ach, Paul", Susanne blickte verträumt irgendwo hin...

Dann sagte sie:

„Paul wollte entweder zum Film oder zum Theater!"

„Als Schauspieler? Das wollen doch alle!"

„Nee, Regisseur oder Kameramann. Deswegen jobbte er dann nach der Schule auch am Theater. Irgendwann hat das dann mit der Aufnahmeprüfung geklappt..."

„Und dann war Paul weg?"

40

„Nicht gleich. Aber später. Im ersten Jahr war noch alles in Ordnung. Und dann begann er, immer öfter keine Zeit zu haben und natürlich merkst du, wenn dein Kerl eine andere Lise fickt..:"

„Wohl nicht nach dem ersten Mal!", sagte ich.

„Nee, aber nach 'ner Weile schon... Aber trotzdem war Paul meine erste richtig große Liebe...", Susanne blickte mich irgendwie verklärt an und sagte weiter:

„Wenn wir bei ihm in seiner Bude waren, haben wir öfter im Bett gelegen, als am Tisch gesessen...."

„Also fast immer?"

„Meistens. Wir haben nicht nur miteinander gefickt. Wir haben unser Leben im Bett gelebt. Diskutiert, Wein getrunken... Na, und so weiter. Wenn Paul das Buch mit den Lieblingsgedichten in die Hand nahm, wusste ich, jetzt geht's gleich wieder ins Bett."

„Und weiter?", fragte ich.

„Nach jeder Zeile hat er dann etwas von mir ausgezogen. Und ich von ihm. Und am Ende standen wir uns splitternackt gegenüber. Paul selbstverständlich mit 'ner Riesenlatte.!

„Schöne Zeremonie!", sagte ich, „und außerdem eine nicht alltäglich anzutreffende Aufforderung, seine Angebetete zum Sex einzuladen!"

„Das und viele andere Dinge, die sich in unsere Beziehung eingeschlichen hatten, fehlten mir, als Paul weg war."

„Kann ich verstehen!"

„Paul hat mir noch den Schlüssel für die Bude unterm Dach gelassen. Dahin sollte ich gehen, wann immer ich das wollte..."

„Und?"

„Nicht ein einziges Mal war ich dort. Das ging nicht..."

„Da wäre ich auch nicht wieder hingegangen!", sagte ich.

„Meine Mutter und mein Vater hatten in der Zwischenzeit eine Bleibe für die Ferien und viele Wochenenden gefunden. Ein Ferienhaus, von älteren Leuten erworben und nur wenige Schritte hinter den Dünen am Meer gelegen. Statt in die Bude unterm Dach zu gehen, bin ich dann oft dorthin gefahren. Den beiden war's recht, dann stand das Haus wenigstens nicht leer..."

„An der See war das Haus, beinahe am Strand?", fragte ich.

„Ja! Wer weiß, wie meine Altvorderen zu dem Haus gekommen sind! Wir können 'mal hinfahren!"

„Gerne!", sagte ich und hoffte, das würde Susanne bald mit mir machen. Oft wird 'was gesagt und dann vergessen... Mal sehen!

„Und übrigens, das mit den Besuchen in Pauls Bude hatte sich ohnehin bald erledigt...“

„Warum?“

„Nach dem Schulabschluss, Abitur, begann ich mein Studium. Hat gleich geklappt. Ohne Umwege über Praktikum und so 'was. Meine Mutter und mein Vater waren zwar noch nicht restlos davon begeistert, dass meine Wege mich an die Kunstakademie geführt hatten. In diesem Zusammenhang brauchte ich sie auch nur einmal an ihre früher gesagten Worte erinnern. Daran, was sie mir 'mal gesagt hatten...“

Nämlich?“

„Dass ich studieren kann, was ich will. Allerdings mit einem Abschluss nach der Regelstudienzeit, zuzüglich einem Jahr. Krankheit, Unfall oder Baby hätten entsprechend verlängert. Na ja, ein Baby habe ich nicht bekommen. Der Typ, mit dem ich dann nach Paul zusammen war, der wollte keine Kinder... Und krank bin ich nicht geworden. Jedenfalls nichts ernsthaft...“, Susanne blickte mich an, dann forderte sie mich auf:

„Und du? Erzähle von dir!“

Auf diese Frage hatte ich gewartet. Weil es verständlich war, dass Susanne auch aus meinem Leben ebenso Begebenheiten erfahren wollte.

So, wie ich das von ihr erfahren hatte.

Heidi hatte mich damals am Strand in die Grundlagen der Fickerei eingewiesen. Dem folgten dann gleich noch einige praktische Übungen. Danach lebte ich, verständlich allemal, nicht so wie ein Asket. Heidi hatte mich das Ficken gelehrt und nun wollte ich das auch weiter anwenden. Aber das wollte ich Susanne nicht in aller Breite und Ausführlichkeit erklären.

Statt dessen sagte ich:

„Das mit meiner Freundin Heidi näherte sich dem Ende, als ich mein Abitur erhielt und aus meiner Heimatstadt weg ging. Ich wollte die Welt oder zumindest einen Teil davon sehen und erleben. Heidi konnte sich nicht entschließen, mit mir zu komme. Andererseits hätte sie gerne meine Nähe gehabt.

„Verstehe!", sagte Susanne, „Irgendwo habe ich 'mal gelesen, Weltanschauung hat sehr viel damit zu tun, dass die Welt angeschaut wird!"

„Stimmt! Also bin ich ohne Heidi in den Zug gestiegen und der Welt verkündet, dass ich komme..."

„Und was hast du getan? Ich meine, womit hast du deine Brötchen verdient?"

„Also, um ehrlich zu sein, ich bin drei Städte weiter wieder aus dem Zug geklettert..."

„Ach so!"

„Ja! Aber es war eine gefühlte Weltreise!",
ich blickte Susanne an und die konnte ein
Grinsen nicht verbergen.

„Ja! Ehrlich! Meine Mutter und mein Vater
waren, ähnlich deinen Altvorderen, sehr liberal
in ihren Ansichten und Meinungen. Und so war
es für sie unvorstellbar, einen Nesthocker im
Hotel Mama durchzufüttern. Da kam es sehr
gelegen, dass da, drei Städte weiter, die
Schwester meines Vaters, also meine Tante,
allein in einem großen Haus wohnte. Die Tante
hatte ich früher schon öfter besucht. Und Tante
Helga sollte und wollte nun über mich wachen,
während ich zunächst einen ordentlichen Beruf
erlernte, Maler und Lackierer..."

„Aha! Und wenn Heidi nun mit dir
gekommen wäre..."

„Sie war, ich sagte es bereits, zwei Jahre älter
als ich. Als ich mein Abiturzeugnis erhielt,
schloss sie die Ausbildung zur Hebamme ab..:"

„Ach so!"

„Ich hatte mir nun in den Kopf gesetzt, 'was
künstlerisches zu studieren. Und, so dachte ich,
wäre es richtig, ein in diese Branche weisenden
Beruf zu erlernen. Zudem, so überlegte ich
damals, konnte ich aus irgendwelchen Gründen
mein Studium nicht beenden, hätte ich erneut in
diesem Beruf einen Job gefunden..."

„Nun ja! Kluge Entscheidung!", sagte

Susanne.

„Um es zum Ende zu bringen: Mit der Ausbildung an der Kunstakademie ist es bei mir nichts geworden. Nach fünf vergeblichen Bewerbungen stellte ich fest, auch nach der sechsten Bewerbung würde mir der Zugang an die Akademie nicht ermöglicht werden. Außerdem war es nicht meine Absicht, dass gesamte Arbeitsleben auf der Malerleiter zu verbringen. Ich habe mich dann für ein Architekturstudium entschieden, das hat dann auch sofort geklappt!"

„Die Wege zur Kunstakademie sind oft verschlungen und unergründlich!"

„Stimmt!", konnte ich aus eigenem Erleben bestätigen.

„Und Heidi?", fragte Susanne.

„Nachdem ich bei meiner Tante Helga eingezogen war, sahen wir uns an jedem Wochenende. Sie hatte inzwischen eine kleine Wohnung. Und dann, nach drei Monaten, bekam ich einen Brief. In dem war alles etwas verworren aufgeschrieben. Sie würde mich noch lieben, schrieb Heidi. Und auch, das da jetzt Robert wäre... Zugegeben, Heidi hatte einen enormen Fickbedarf. Und aus der Ferne und dem Abstand der Jahre betrachtet, war das deshalb auch verständlich, dass Robert nun zu ihrem Vögeler ernannt worden war..."

46

Ich sah zu Susanne und bemerkte, sie schlief tief und ruhig. Vorsichtig nahm ich den Bettisch und stellte ihn auf den Fußboden. Meinen Bademantel legte ich daneben.

Dann legte ich mich zu Susanne und nahm sie in den Arm. Und als Dank dafür legte sie, inzwischen gewohnt, den rechten ihrer wunderschönen und gleichmäßig gewachsenen Schenkel über mich.

„So ist es schön!", hörte ich Susanne sagen.

Ich war froh, nun nicht weiter aus meinem Leben berichten zu müssen. Denn irgendwann hätte Susanne nach ihren Vorgängerinnen gefragt. Und wenn ich darüber etwas sagen sollte, hätte ich viele, eigentlich die meisten, meiner Bekanntschaften nicht erwähnen dürfen. Viele waren ohnehin nur Gespielinnen für eine Nacht oder höchstens zwei Nächte gewesen. Dann schlief ich ein...

*

Wir haben in dieser Nacht noch zweimal miteinander gefickt. Eigentlich war es unsere erste Nacht, die wir gemeinsam im Bett lagen. Die Nacht davor verbrachten wir gemeinsam bei Jo...

Das erste Mal fickten wir mitten in der Nacht. Susanne hatte, während wir beieinander lagen und ich schlief, meinen Schwanz in die Hand genommen. Zunächst hielt sie ihn ruhig. Doch irgendwann begann Susanne, meinen Schwanz zu streicheln. Der fand das gut. Und dann wurde auch ich wach. Ich regte und rührte mich nicht, ließ Susanne gewähren und genoss es, wie mein Schwanz in ihrer Hand groß und dann größer wurde.

Susanne begann jetzt langsam, sehr langsam, beinahe vorsichtig, die Schwanzspitze freizulegen. Sie wusste, dass es etwas weh tun kann, wenn die Schwanzspitze freigelegt wird. Egal, ob beim ersten oder tausendsten Fick.

Sie nahm ein wenig Spucke auf einen Finger und rieb damit die Spitze ein. Dann umfasste sie wieder meinen Schwanz und begann, ihn zu massieren.

Ich legte die Bettdecke zur Seite und stopfte mir ein Kissen unter den Kopf. So konnte ich genau beobachten, wie Susanne im Lichtkegel der Laterne, die vor dem Haus stand, meinen Schwanz massierte und streichelte.

Immer nach einigen Bewegungen am Schwanz hielt sie inne und begann dann, auch meine Eier sehr sanft zu streicheln. So hatte ich das noch nicht erlebt. Ich lag entspannt auf dem Bett und genoss Susannes Tun. Sehr genoss ich das.

Mein Schwanz war bald so hart und groß, dass ich spürte, wie er verlangte, in Susanne einzudringen.

Ich stützte mich auf meinen rechten Ellenbogen. Mit dem anderen Arm drückte ich Susanne auf das Bett und neben mich. Mit dem Mittelfinger suchte ich die Spalte zwischen ihren Schenkeln und als ich ihre Knospe berührte, stöhnte sie leise und öffnete ihre Schenkel sehr weit. Vorsichtig tastete ich mit meinem Finger weiter in ihrer Spalte und spürte dabei ihre Feuchte und dazu ihr Begehren, gefickt zu werden.

Susanne bedeutete mir mit einem sanften Druck auf mein Becken, ich soll auf und in sie kommen. Das tat ich gern und begann zunächst, mit der Unterseite meiner Schwanzspitze ihre Knospe zu reiben.

Susanne hatte ihre Schenkel jetzt auch angezogen, die Knie hielt sie umfasst.

Ich hatte mich jetzt auf meine Arme abgestützt und beobachtete, wie Susanne begann, langsame, sehr langsame Fickbewegungen zu machen. Immer dann, wenn mein Schwanz ihre Knospe berührte, war ein wohliger Ton, kein Schrei, zu hören.

Ich zog meine Schwanzspitze langsam nach unten und setzte sie vor dem Eingang zu

Susanne an.

Ruhig, sehr ruhig, hielt ich meinen Schwanz dort und wartete, bis Susanne mir mit einer langen Fickbewegung entgegen kam und sich meinen Schwanz hinein zog. Langsam glitt er in sie hinein und als er halb drin war, hörte ich von Susanne einen leisen, unterdrückten Schrei. Gerade so laut, dass der bis an mein Ohr drang.

Dann stieß ich ihr meinen Schwanz schnell sehr tief hinein. Dafür bedankte Susanne sich erneut mit einem unterdrückten Schrei. Sie umschlang mich nun mit ihren Beinen und drückte mich mit langsamen und rhythmischen Bewegungen in sich hinein.

Nach einigen weiteren Stößen begann Susanne, nun um meinen Samen zu bitten und zu betteln.

Ich legte mich auf sie, schob meine Hände unter ihren Po und hob sie, ihren Bewegungen folgend, hoch.

Allmählich wurden unsere Fickbewegungen schneller und Susanne bettelte nun mit beinahe jedem Stoß um meinen Samen und forderte mich auf, den nun in sie zu geben:

„Ganz tief, ja? Ganz tief hinein!"

Während ich sie mit kräftigen Stößen fickte, hielt sie ihre Knie mit den Händen umfasst und bis zu ihren Brustwarzen angezogen.

Ich bemerkte, wie sich mein Samen in mir

sammelte und wusste, nun waren nur noch wenige Stöße erforderlich, um mein Sperma in Susanne hinein zu spritzen.

Nach wirklich nur noch wenigen Stößen, war es soweit! Aus meinem knüppelharten Schwanz schleuderte mein frischer Samen tief in Susanne hinein!

Sie bedankte sich dafür mit einem zwar unterdrückten, aber dennoch für mich hörbaren Schrei.

Wir lagen schwer atmend aufeinander. Nach wenigen Augenblicken rückte ich, ohne meinen Schwanz heraus zu ziehen, etwas zur Seite.

Meine Hände lagen jetzt auf Susannes schönen und festen Schenkeln und ich streichelte die mit meinen Fingern.

Ich weiß es nicht mehr, wie lange wir, wieder einmal, so umschlungen neben- und aufeinander gelegen haben. Bis Susanne begann, nach der Bettdecke zu suchen und mir dabei zuflüsterte:

„Mir ist kalt!"

Bald schafften wir es gemeinsam, uns zuzudecken.

Mein Schwanz war noch immer in Susanne und begann nun, sich langsam zurück zu ziehen. Das war die letzte Aktion von diesem Fick, bevor wir einschliefen...

*

Beinahe gleichzeitig wachten wir am Morgen, noch immer eng umschlungen und beieinander liegend, auf.

Susanne hatte wieder den einen ihrer schönen und wohlgeformten Schenkel über mich gelegt.

Noch während ich an ihrer Seite schlief, hatte sie begonnen, mich sanft zu streicheln. Das spürte ich, während ich langsam aufwachte.

Jetzt suchte ihre Hand meinen noch schlafenden Schwanz. Als sie den gefunden hatte, nahm sie ihn in die Hand und begann, ihn sanft zu streicheln und vorsichtig zu kneten.

Leise fragte ich Susanne:

„Noch mal?"

„Mit dir immer und jetzt und sofort!"

Ich überlegte, ob Susanne unersättlich war. Und noch ehe ich darauf eine Antwort gefunden hatte, begann sie, meinen Schwanz zu massieren.

Sie legte die Bettdecke zur Seite und setzte sich neben mich bevor sie begann, aus meinem inzwischen bereits sehr großen Schwanz einen harten Fickprügel zu machen.

Dabei hielt sie in der einen Hand meine Eier und kraulte die vorsichtig, während sie mit der anderen den steifen Schwanz massierte.

„Und du?", fragte ich.

„Kommt noch!"

Zwischen zwei Bewegungen, als die Schwanzspitze vollkommen frei lag, ließ sie darauf von ihrer Spucke tropfen und massierte dann weiter.

Ein warmes und wohliges Gefühl breitete sich in meinem Becken aus. Ich fragte Susanne:

„Willst du mir einen 'runter holen?"

„Mal sehen!"

Dann massierte sie meinen Schwanz mit langen und langsamen Bewegungen weiter. Ich bemerkte, wie mein Samen wieder begann, sich zu sammeln.

Susanne musste das ebenfalls bemerkt haben, denn jetzt legte sie sich neben mich und öffnete ihre geilen Schenkel. Dann forderte sie mich auf:

„Fick jetzt alles in mich 'rein!"

Bevor ich ihr meinen steifen Schwanz mit der freigelegten Spitze tief hineinschob, konnte ich für einen Moment ihr feuchte und pralle Spalte wahrnehmen.

Dann setzte ich meinen Schwanz an und schob ihn in Susanne 'rein. Mit wenigen und kräftigen Stößen fickte ich sie zum Höhepunkt.

Als dann der Samen in sie hinein schleuderte, war mein Schwanz bis zum Anschlag in ihr.

Susanne zog mich fest an sich heran und schrie mir leise und verhalten ihre Lust entgegen.

Danach war ich für wenige Sekunden erneut von Sinnen und als ich erwachte, bemerkte ich, Susanne hatte mich mit Armen und Beinen umschlungen.

Am See, im See und um den See

Der See befand sich versteckt im Wald. Man bemerkte ihn erst aus wenigen Metern Entfernung. Vielleicht zwanzig oder einige Schritte mehr.

Susanne hatte eine Decke, eingerollt zu einem länglichen Knäuel, mitgebracht und breitete sie auf der schmalen Uferzone aus. Dann blickte sie mich an und fragte:

„Worauf wartest du?"

Ich hatte mich auf die Decke gesetzt und sah auf den See.

Obwohl ich bereits einige Jahre hier lebte, hatte ich die Landschaft um die Stadt bisher sehr wenig erkundet.

Dagegen kannte Susanne offenbar gut die Gegend. Und die Umgegend.

Sie blickte mich noch immer fragend an und meinte schließlich:

„In einer dreiviertel Stunde sind wir hier nicht mehr allein!"

Auf dem Weg hatte sie mir erklärt, dass die Seen in der Nähe unserer Städte gern von jungen Menschen besucht werden. Die wähnten sich hier unbeobachtet.

Am späten Nachmittag würden dann die Leute aus den Büros dazu kommen. Meinte Susanne und sagte:

„Dann kann es schon 'mal sein, dass du hinter dem einen und manchmal auch dem anderen Gebüsch einen nackten Hintern wippen siehst!"

Jetzt stand sie splitternackt vor mir, in Höhe meiner Augen waren ihre wohlgeformten Schenkel. Und dazwischen auf dem Venushügel glitzerten die blonden Haare.

Susanne beugte sich zu mir und begann, mein Hemd aufzuknöpfen und anschließend auszuziehen.

„Deine Hose solltest du alleine ablegen!", sagte sie, „Wenn ich dir dabei auch noch helfe, wird Alarm ausgelöst und dein Schwanz meint, es geht jetzt los..."

„Stimmt!"

„Womit der nicht Unrecht hätte! So 'n Fick am oder im See hat doch auch 'was!"

Weder mit Hose noch mit Slip bekleidet, nahm ich Susanne an die Hand und zog sie mit in das angenehm warme Wasser.

Nach wenigen Schritten ließ ich mich fallen, denn es war mir peinlich, dass mein Schwanz bereits zu respektabler Größe angewachsen war...

Susanne hatte das bemerkt, ließ sich neben mir nieder und ergriff meinen fast steifen Schwanz und meinte dann:

„Es wäre beinahe eine Beleidigung, wenn dein Schwanz noch immer in sich gekehrt und schlaff an dir baumelte. Dann hätte ich Zweifel an meiner Attraktivität dir gegenüber! Komm' mit!"

Wir gingen in eine von Schilf geschützte Stelle, die nicht einsehbar war.

Susanne stellte sich vor mich, nahm meinen Schwanz in eine ihrer kleinen, aber kräftigen Hände und begann, ihn sanft zu kneten, ohne die Spitze freizulegen.

Ich fragte:

„Und nun?"

„Hole ich dir einen 'runter!"

„Das ist doch schade um den schönen Samen!"

„Geht nicht anders! Oder willst du mit dem Riesending zurück ans Ufer gehen? Komm, entspanne dich und lass mich machen!"

Ich legte mich auf den Rücken, stütze mich auf meine Ellenbogen und dann kniete Susanne sich neben mich und begann, zunächst langsam, meinen Schwanz zu wichsen.

An unserem Platz im Schilf waren wir nicht zu sehen. Auch vom Wasser aus nicht. So konnte Susanne meinen Schwanz wichsen, ohne dass jemand, ich ausgenommen, das bemerkte.

Und das tat sie gut. So, wie gelernt! Mein Schwanz hatte nun die normale Arbeitsgröße zum ficken erreicht und stand steil in die Höhe.

Susanne arbeitete langsam und gleichmäßig an meinem besten Stück, dem „Kleinen", wie sie ihn oft nannte.

Ab und zu gab sie von ihrer Spucke etwas auf dessen Spitze.

Während eine ihrer Hände meinen Schwanz massierte, hielt die andere meine Eier und streichelte sie sanft und vorsichtig. Gleichzeitig drückte sie mit dem Daumen dieser Hand auf die Wurzel meines Schwanzes.

Meine Augen hatte ich soweit geschlossen, dass ich Susanne durch einen sehr schmalen Schlitz und beinahe nur schemenhaft erkennen konnte. Ich sah, dass Sie sehr konzentriert an meinem großen und steifen Schwanz arbeitete. Und das spürte ich.

Sie hatte jetzt begonnen, die Frequenz der Bewegungen, mit der sie meinen Schwanz wichste, zu erhöhen. Zunächst war das kaum zu bemerken. Bald hatte sie ein so schnelles Tempo

Tempo und ich spürte, wie mein Samen begann, sich tief in mir zu sammeln.

Eine Hand hatte ich auf einen von Susannes wohlgeformten Schenkel gelegt und spürte so außerdem, wie sie meinen Schwanz bearbeitete.

Jetzt benutzte sie beide Hände, um meinen Schwanz zu wichsen. Sie ließ noch etwas von ihrer Spucke auf meine Schwanzspitze tropfen.

Ich merkte, langsam an den point of no return zu kommen.

Susanne lehnte sich ein wenig zurück und während sie mit sehr schnellen Bewegungen massierte, spürte ich, dass der Samen gleich aus meinem Schwanz gepumt würde.

Sie neigte meinen Schwanz ein wenig zur Seite und die Spitze lag frei.

Ich öffnete meine Augen und sah in dem Moment, wie der Samen in hohem Bogen aus dem Schwanz spritzte und etwa einen Meter weiter auf das Wasser klatschte. In drei, vier Schüben kam weiteres Sperma und Susanne meinte dann:

„Du hast aber einen kräftigen Druck beim Abspritzen! Jetzt ist wohl alles 'raus!"
Sie sah mich an und sagte dann noch:

„Und übrigens, mein Lieber! Von einer erwachsenen Frau, die bereits einige Jahre fickt, ist doch zu erwarten, dass sie ihrem Kerl auf diese Weise 'was ordentliches antut! Oder?"

„Sicher! Eben!", antwortete ich und forderte Susanne auf, meinen Schwanz wieder zu bedecken.

Sie nahm etwas Wasser, reinigte die Spitze und schob die Haut darüber. Dann sagte sie:

„Übrigens, so kleine Fische, haben dein Zeug eben, hoffentlich mit Genuss, aufgefressen!"

„War für die 'ne zusätzliche Portion Eiweiß!", erwiderte ich.

*

Ich lag noch immer aufgestützt auf meinen Ellenbogen und auf dem Rücken im Schilf.

So hatte ich vorhin beobachten können, wie Susanne meinen Schwanz gewichst hatte und lag nun so, weil Susanne es sich jetzt auf mir bequem gemacht hatte: Halb auf mir liegend und halb im Wasser. Ihr schöner und wohlgeformter rechter Schenkel lag, wie konnte es auch anders sein, ebenfalls auf mir.

Ich hörte ein leises Säuseln. Ein untrügliches Indiz dafür, dass Susanne schlief.

Aber nicht so fest, dass sie von nahenden Stimmen nicht wach geworden wäre.

„Psst!", bedeutete sie mir.

Jemand musste sehr nah am Schilf durch das

Wasser waten. Denn in etwa zehn oder zwölf Metern Abstand vom Bewuchs, so hatte es Susanne mir erklärt, fiel der Seeboden sehr steil bis auf, wie sie sagte, etwa zwanzig oder mehr Meter ab.

Der See war eine alte und dann geflutete Tongrube. Man hatte die Grundwasserabsenkung abgestellt. Zuvor wurde hier das Material für eine der damals örtlichen Ziegeleien, heute ein Industriedenkmal und vom Zahn der Zeit benagt, gefördert.

„Wer ist das?"; fragte ich sehr leise.

„Keine Ahnung! Allerdings, der Platz ist begehrt! Und es sind zwei Personen!"

„Das glaube ich dir auf's Wort!"

Susanne hatte sich neben mich gehockt, während ich weiter auf dem Rücken lag, den Oberkörper auf meine Ellenbogen gestützt.

Die Leute mussten jetzt unmittelbar neben uns stehen. Nur ein wenige Meter breiter Schilfstreifen konnte zwischen uns sein.

Wir hörten eine unbekannte, beinahe jugendliche Stimme fragen:

„Ist da frei?"

„Weiß nicht!", antwortete eine andere Stimme, die wir kannten.

Dann wurde das Schilf geteilt und Jo blickte uns an.

Der beeilte sich sofort, festzustellen:

„Sieh an, der Herr Architekt und seine Muse, die Kunstmalerin! Beim Schäferstündchen und wohl auch mehr im und am See!"

„Und wen hast du mitgebracht?", fragte Susanne.

„Ich bin die Cindy!", antwortete eine junge Frau. Die stand jetzt neben Jo und war kaum älter als zwanzig Jahre.

„Das ist bestimmt nicht deine Tochter?", fragte ich.

„Nein! Das ist die Cindy!"

Die Cindy, wohl eine neue Gespielin, und Jo standen splitternackt vor uns. (Zugegeben, Susanne und ich waren auch nur mit dem Nichts bekleidet!)

Offenbar hatten sie das Versteck im Schilf gesucht und jetzt das Ziel ihrer Bemühungen erreicht. Allerdings, das Liebesnest war besetzt!

Darauf sahen Susanne und ich uns einen Augenblick an und sie meinte:

„Wir wollten ohnehin gehen. Und Rudelbumsen ist nicht meine Sache!"

Dankbar sah uns die Cindy an und Jo war damit auch sehr einverstanden.

Während wir die Stelle räumten, irgendwelche Spuren waren nicht zu beseitigen, schob Jo seine Begleitung in das Versteck und begann sofort, sie zu befummeln.

Und als sich hinter Susanne und mir die Schilfpflanzen wieder zu einem dichten Sichtschutz geschlossen hatten, sagte sie:

„So, wie ich Jo kenne, hat der die Kleine jetzt schon umgelegt. Wenn der 'ne Frau sieht, ist er blind vor Trieb...“

„Woher weißt du das? Hattet ihr...“

„Ist schon 'ne Weile her. Nach einer Party bei Jo waren wir beide plötzlich allein und zudem notgeil. Jeder nach Wochen unfreiwilliger Abstinenz...“

„Aha!“

„Ja! Und dann sind wir übereinander hergefallen. War nichts weiter als abficken. Jo meinte anschließend, es war immer noch besser, als jemanden von der Straße zu holen. Wir kannten uns da schon eine Weile. Und ist auch nicht wieder passiert...!“

„Also im Zustand der Notgeilheit übereinander hergefallen?“, fragte ich.

„Ja, so kann man das bezeichnen!“

„Du musst dich bei mir nicht entschuldigen!“

„Wollte ich auch nicht! Ficken kann Jo trotzdem gut. Aber du bist besser! Weil du mich liebst... Das spürt eine Frau!“

„Mann aber auch!", entgegnete ich.

„Na, dann sind wir uns ja wieder einmal einig!", stellte Susanne fest.

Damit war die Sache erledigt, bis auf eine Frage, die ich Susanne stellte:

„Und woher weißt du, dass Jo gerne junge Weiber fickt?"

„Weil er mir das sagte! Er meinte, die könnte er sich so, er sprach von zurecht legen, wie es ihm gefiel!"

„Das wusste ich nicht!", antwortete ich.

„Eigentlich redet er wohl darüber nicht. Aber mir hat er das gesagt! Warum, weiß ich nicht. Auch darüber haben wir nie wieder gesprochen."

*

Nach wenigen Schritten waren wir an der Stelle angekommen, an der es plötzlich sehr tief wurde und Susanne meinte:

„Komm! Wir wollen schwimmen!"

„Mir ist unwohl!", antwortete ich.

„Du warst doch eben noch recht fit! Was ist los?"

„Nee, nee! Alles in Ordnung! Ich schwimme allerdings ungern in tiefen Seen!"

„Meinst du, da kommt von unten eine Hand? Und die zieht dich am Schwanz in die Tiefe?"

„Ja! So ungefähr!"
Susanne kam zu mir, nahm meinen Schwanz in die Hand und sagte:
„Ich passe auf euch auf! Und nun komm!"
Sie sprang in das tiefe Wasser, tauchte und kam nach einigen Metern wieder an die Oberfläche.

Ich stand noch immer an der Stelle, an der es im See tiefer wird und versuchte, irgendwelche naiven Vorstellungen (Hecht frisst Schwanz) zu verdrängen.

Dann siegte der männliche Stolz und Ehrgeiz. Ich sprang seewärts in das Wasser, tauchte nach einigen Metern auf und schwamm zu Susanne.

„Na, geht doch, oder?, fragte sie und fühlte nach meinem Schwanz, als sie sagte:

„Ist noch alles 'dran! Wenn auch sehr klein. Damit kannst du keinen Wettbewerb gewinnen! Aber keine Sorge, wenn's dann wieder losgehen soll, kriegen wir das schon wieder hin. Ich meine, die Größe!"

„Das ist ja wohl das Mindeste, was man erwarten kann!", antwortete ich.

Während meiner bisherigen Karriere als Frauenbeglücker, von deren Kenntnis ich Susanne, wenn irgendwie möglich , ausschließen wollte, hatte ich es nicht erfahren, dass eine Frau meinen Schwanz weder berühren noch anfassen wollte.

Dass allerdings manche dieser Weiblichkeiten, besonders jüngere, mit meinem Schwanz in Ihren Händen nichts oder nur sehr wenig anzufangen wussten, war mir verständlich. Die waren zu unerfahren und meinten, ehe sie irgendetwas falsch machten und mir vielleicht weh tun, machten sie nichts.

Das änderte sich allerdings spätestens nach dem zweiten gemeinsamen Fick.

Und oft waren diese scheuen und vermeintlich unerfahrenen Frauen dann diejenigen, die meinen Schwanz auf wundervolle Art und Weise verwöhnten. So richtig lange. Und dabei darauf bedacht waren, dass ich nicht meinen Samen in der Gegend herumspritzte. Sondern in sie hinein fickte.

Es gab aber auch Weibchen, die waren vernarrt in meinen Schwanz.

Zugegeben, ich bin nicht eitel. Wirklich nicht. Aber wenn ich mir manchmal meinen Schwanz betrachtete, oft vor dem Spiegel, stellte ich immer wieder fest, er ist auch ein selten schönes, weil wohlgeformtes und im Einsatz hammerhartes und verlässliches Exemplar. Allerdings ein wenig launisch. Dann, wenn er nicht gut behandelt und gepflegt wird. Aber das ist normal.

Jedenfalls waren manche meiner früheren Bettgespielinnen derart schwanzvernarrt, dass ich Bedenken und ehrliche Sorgen hatte, mein bestes Stück ohne Beschädigungen durch die Nummer zu bekommen.

Einmal, so erinnerte ich mich, hatte sich eines der Betthäschen meinen Schwanz, bevor der abspritzte, so tief in den Mund geschoben, dass ich meinte, ihr den Samen direkt vor den Magen zu pumpen. Sie fand's gut. Und mir hat's auch gefallen. Sehr gut sogar...

Anschließend habe wir dann auch noch im Morgengrauen richtig gefickt. Und sie hat dabei die halbe Straße zusammengeschrien und -gegrölt.

Nur die älteren Leute, mit denen ich zusammen im Haus wohne, haben nichts gehört. Weil die, wie schon erwähnt, bereits seit Jahren Patienten beim Ohrenarzt sind...

Einige Tage später erklärte mir eine durchaus ordentliche und anständige Frau, das rhythmische Geschrei („Ich weiß gar nicht, wer derart in Ekstase war! Muss aber hier in der Nähe gewesen sein!") machte sie und ihren Mann derartig an, dass sie es den Rest der Nacht miteinander getrieben hätten und sie dann das erste Mal seit Jahren einen kräftigen Orgasmus bekam. Dann erklärte sie mir noch:

„Und mein Dieter musste am nächsten Morgen zum Dienst!"

Doch von alledem wollte ich Susanne nichts erzählen. Es reichte, dass sie wusste, ich hatte nicht wie ein Asket gelebt. Das war übrigens von ihr auch nicht zu befürchten. Und Jo hatte bekanntlich auch schon zwischen ihren Schenkeln gelegen... Wenn's beiden Spaß gemacht hat, ist das doch keiner weiteren Diskussion wert.

Susanne und ich waren inzwischen über den See geschwommen und spürten unter unseren Füßen den leicht schlammigen Seegrund.

Als ich mich aufrichtete, um an das Ufer zu gehen, blickte Susanne zu meinem Schwanz und meinte:

„Da sollte was passieren! Dieses mickrige Elend kann man nicht mit ansehen!"

Sie griff nach dem Elend, zog mich sanft und vorsichtig zu sich heran und meinte:

„Leider kann ich hier nicht mit dir ficken! Das geht aus objektiven Gründen nicht!"

„Warum nicht?"

„Keine zwanzig Meter entfernt ist der Weg, auf dem die Leute zum See kommen. Und dein nackter Po ist zwar gut und schön. Aber andere Weiber müssen den beim ficken nicht sehen..."

„Du meinst, wir sind ordentliche Leute?"

„Und wie! Aber dann, wenn ich deinen Schwanz jetzt wieder zu einem ansehnlichen Ding mache, dann sieht das keiner, weil wir beieinander stehen..."

Susanne stand tatsächlich nahe bei mir und fummelte an meinem Schwanz herum. So, als sollte es nun tatsächlich losgehen...

Und mein bestes Stück war inzwischen und tatsächlich zu bereits stattlicher Größe gewachsen. Verzweifelt suchte ich nach irgendeinem Versteck am Ufer oder in dessen Nähe. Da, wo ich Susanne schnell und ohne viel Aufsehen zu erregen, ficken konnte. Aber etwas derartiges war nicht zu entdecken...

Statt dessen näherten sich Stimmen. Und bald zog eine Gruppe junger Leute vorbei, ohne uns zu beachten und ich sagte zu Susanne:

„Ich geh' wieder ins Wasser!"

„Schade!"

Susanne ließ meinen inzwischen zu fickbereiter Größe angewachsenen Schwanz aus ihrer Hand gleiten und ich beeilte mich, das tiefe Wasser zu erreichen. Was mit 'ner Latte vorweg nicht einfach war. Aber nach einigen Augenblicken gelang mir das und ich trieb bäuchlings auf dem See...

Von hier aus beobachtete ich die jungen Leute, die allerdings nicht zur anderen Seite vom See gingen, sondern weiterzogen.

„Hier gibt's noch einige andere Seen!", sagte Susanne, „Mal größer, mal kleiner. Und an jedem Ufer sind versteckte Plätze!"

„Die wir 'mal, schön der Reihe nach, erkunden sollten!"

„Heute hier und morgen dort? Warum nicht!", sagte Susanne.

Dann schwammen wir über den See und in der Nähe des anderen Ufers sagte ich:

„Jo und die Cindy müssten nun allmählich fertig geworden sein!"

„Brauchen wir jetzt den Platz? Willst du dringend hier und jetzt und sofort und unverzüglich nochmal mit mir ficken?", fragte Susanne.

„Ja! Sicher!", gab ich ehrlich zu.

„Der Architekt will mich jetzt ficken!", rief Susanne in die Richtung, in der sie Jo und die Cindy wusste.

Doch statt einer Antwort, vielleicht sogar einer einladenden Geste, folgte Ruhe.

Doch dann hörten wir Jo's Stimme:

„Da muss er noch an sich halten und gedulden!"

Mehr sagte Jo nicht. Und auch nicht weniger. Und keiner wusste, waren Jo und die Cindy mit ihrem Fick bereits fertig oder noch dabei. Allerdings, das zu überprüfen konnte nur unfair sein und wir wären zu weit gegangen.

Also gingen wir ans Ufer und zu unserer Decke...

*

Dort lag nun eine andere Decke neben unserer. Wir vermuteten, die gehörte Jo und der Cindy.

Doch woher wusste zumindest Jo, dass wir, zumindest aber Susanne, hier campierte?

Vielleicht hatte er auch auf genau dieser Decke Susanne an irgendeiner verborgenen Stelle an irgendeinem versteckten See gefickt? Wovon sie mir nichts gesagt hatte?

Doch dazu sagte ich nichts. Und erst recht fragte ich nicht danach! Das war Susannes Leben vor mir gewesen. Und wir hatten eine stillschweigende Abmachung!

Ich wollte auch nicht Auskünfte darüber erteilen, mit wem ich es wann und wo und wie oft getrieben hatte.

Dabei könnte unsere eigene Fickerei zu kurz kommen...

Susanne und ich blickten uns an, hoben die Schultern und sagten nichts. Hatten wir gehofft, wenigstens etwas knutschen und fummeln zu können, so war uns spätestens jetzt klar, daraus wurde auch nichts.
Spätestens ab dem Zeitpunkt, wenn die Nachbardecke besetzt sein würde.

„Schade!", sagte Susanne, legte sich halb auf mich und begann, mich lange und innig zu küssen.
Mein Schwanz meinte, jetzt würde es losgehen und ging wieder in eine nicht zu übersehende Größe über.
Und Susanne küsste mich weiter und innig und hatte inzwischen meinen Kleinen in die Hand genommen und mit ihren festen und schönen Schenkeln bedeckt.
Dann stützte sie sich auf einen Arm und meinte:

„Ich finde, wir sollten nicht weiter 'rumknutschen. Sonst fickst du mich noch hier an Ort und Stelle. Und irgendjemand klatscht Beifall!"

„Und der?", ich deutete auf meinen halbsteifen Schwanz und sah Susanne fragend an.

„Der muss jetzt warten. Ich auch. Leg' dich auf den Bauch! Dann sieht man das Elend nicht."

„Geteiltes Leid ist halbes Leid!", sagte ich und deutete auf die Gruppe Jugendlicher, die an den See kamen.

„Pünktlich wie immer!", sagte Susanne und fügte noch hinzu:

„Gleich kommen noch mehr. Dann ist's hier laut wie im Kindergarten und wir sollten lieber gehen!"

„Machen wir!"

Susanne kletterte von mir herunter, ich legte mich auf den Bauch und dann meinte sie:

„So'n schöner und gemütlicher Nachmittagsfick, der einem das Herz erwärmt, hier am See! Das wär's jetzt gewesen!"

„Stimmt!", bestätigte ich, „So'n ruhiger Fick mit Blick auf den See!"

„Ja! So meine ich!"

In diesem Moment kamen Jo und die Cindy aus dem Schilf und genau auf uns zu.

„Die ist ja noch dürrer und jünger als ich vorhin bemerkte!", flüsterte ich Susanne zu.

„Du weißt doch, Jo liebt dürre und junge Weiber!", sagte Susanne, „Und die Cindy könnte schon achtzehn sein!"

„Kann sein. Er muss nur aufpassen, nicht 'mal 'n Mädchen abzuschleppen, auf die der Staatsanwalt noch aufpasst!"

„Mir jammerte er damals vor, dass er soviel Frau wie mich noch nicht gefickt hat..."

„Du bist doch nun wirklich nicht zuviel Frau! Dafür schön griffig! Gerade richtig, jedenfalls für mich!", meinte ich.

„Damals war ich noch ein bisschen mehr!"

„Wirklich nur ein bisschen?"

Statt einer Antwort grinste Susanne mich an. Zugegebenermaßen etwas zu lange.

Dann standen Jo und die Cindy vor uns. Und Jo sagte:

„Nun ist's wohl mit der Ruhe vorbei!"

„Kann sein!", antwortete Susanne.

Ein Mädchen aus der Gruppe der Jugendlichen kam zu uns und sagte:

„Hallo Cindy! Schön, dass du auch da bist! Und deinen Papa wollten wir auch schon immer 'mal kennen lernen!", das Mädchen reichte erst der Cindy die Hand zur Begrüßung und dann auch Jo.

Der war so verdattert und erstaunt, dass er die Hand des Mädchens ergriff und mehr als brav „Guten Tag!" sagte.

Das Mädchen ging wieder zu den anderen

Jugendlichen und die Cindy meinte:

„Ich kann mit den Jungens aus unserer Gruppe nichts anfangen!"

Und zu Jo meinte sie:

„Und wir lieben uns doch, nicht wahr?"

„Ja, sicher!", beeilte sich Jo, zu antworten.

Dann zog die Cindy Jo auf die Decke und Susanne meinte:

„Damit hat sich für die beiden das 'rumknutschen am See erledigt! Und noch 'mal ficken im Schilf fällt auch aus! Zumindest für heute!"

„Sicher!", bestätigte ich und fragte dann:

„Was findet Jo an den Schulmädchen nur so interessant? Die Cindy ist doch erst achtzehn, wenn's hoch kommt, neunzehn!"

„Frag ihn! Ich stelle mir gerade vor, mich von so 'nem Halbkind vögeln zu lassen!"

„Soll es aber auch geben!"

„Mehr als genug! Aber dann lieber einen richtigen Mann mit Ecken und Kanten und Haaren auf der Brust. Der mir 'mal erklärt, wenn ich nicht weiter weiß, wo's Leben langgeht. Und der mich beim Ficken auch 'mal richtig festhält!"

Und nach einigen Minuten fügte Susanne hinzu:

„Den Jungs muss man doch noch die Nase putzen!"

„Und abends um zehn bei Mama abliefern!"

*

Während ich noch auf dem Bauch lag, hatte Susanne sich auf ihre Ellenbogen gestützt und blickte über den See. Sie fragte mich:

„Was macht eigentlich unser kleiner Freund?"

„Der hat sich zur Erholung zurück gezogen!", antwortete ich, hob ein wenig mein Becken und fragte:

„Willst du das überprüfen?"

„Nee! Der meint doch dann sofort, er muss wieder ran! Und dann müssen wir tatsächlich noch 'mal ins Schilf gehen! Eigentlich wollte ich keine Lehrvorführung machen!"

„Nee, lieber in Ruhe und alleine ficken!"

*

Und dann, als weitere Gruppen Jugendliche den See erreichten, die Cindy wurde nicht wieder begrüßt, meinte Susanne:

„Gehen wir zu dir oder zu mir?"
„Jetzt gleich?"

„Warum nicht?", fragte ich und legte dann fest:

„Zu dir!"

„Gut, dann zu mir!"

Über den Dächern der Stadt

Innerhalb weniger Wochen war es sowohl Susanne als auch mir gelungen, in der Wohnung des jeweils anderen soviel eigene und persönliche Dinge zu lagern, dass es problemlos möglich gewesen wäre, dort zu überwintern. Vielleicht mit einigen Einschränkungen, aber die wären geringfügig gewesen.

Oder, um es mit anderen Worten zu beschreiben: Susanne und ich führten bereits zwei gemeinsame Haushalte

*

Susanne wohnte über den Dächern der Stadt. Und, was das Interessanteste an ihrer Behausung war, vom großen Wohnzimmer gelangte man auf einen großen Balkon. Neben der Balkontür befanden sich links und rechts zwei weitere Fenster.

Ich war nicht schwindelfrei. Und darum fand besonders hohe Brüstungsmauer mein Interesse.

Als ich Susanne davon erzählte, sagte sie:

„Meinem Vater geht es mit größeren Höhen ähnlich. Mehr als zwei, höchsten zwei und einen halben Meter steigt er nicht in die Höhe. Ich kann, weil von Kindertagen daran gewöhnt,

deine Bedenken gut verstehen!"
Und dann blieb mir nichts weiter übrig, als mich für Susannes Einsicht zu bedanken.

Als ich Susanne das erste Mal besuchte und sie mir das Juwel ihrer Wohnung, den Balkon, zeigte, schloss sie ihre Betrachtung mit den Worten:

„Was meinst du, wie gut und ungestört man hier ficken kann!"
Und ihre Augen bekamen einen verklärten Blick, als sie dann weiter sprach:

„Lass' es etwas wärmer werden, dann kann ich dich davon überzeugen!"

„Das glaube ich dir auf's Wort!"

Und als es dann wärmer wurde, überzeugte mich Susanne von den Vorzügen eines Freiluftfick auf dem Balkon:

„Man schwitzt nicht so. Frau jedenfalls nicht."
Und Susanne sagte dann so, als wäre es eine Selbstverständlichkeit:

„Nur ein kleines Manko hat die Freiluftvögelei..."

„Nämlich?", fragte ich.

„Man muss etwas leiser sein..."

„Aha!"

„Meine Nachbarn, aufgeschlossene und lebenslustige Leute, die ihr Schlafzimmer auch hin und wieder mit ihrem Balkon verwechseln, meinten schon 'mal, nun wüssten sie, dass ich zu Hause wäre!"

„Hast du die Nachbarschaft unterhalten?"

Doch statt einer Antwort grinste Susanne mich herausfordernd an.

*

Vom See, da, wo unsere Decke gelegen hatte, war eine Viertelstunde bis zu einem kleinen Parkplatz zu gehen.

Unsere Fahrräder standen neben denen anderer Leute. Auch einige Autos und Mopeds waren hier abgestellt.

Nachdem vor einigen Jahren jemand mit dem Fahrrad über eine Baumwurzel stürzte und sich schwer verletzte, hatte man den Parkplatz eingerichtet und die Besucher zum Spaziergang an den See aufgefordert.

„Das muss kurz vor meiner Zeit gewesen sein!", sagte Susanne.

Vom Parkplatz fuhren wir noch etwa eine halbe Stunde mit dem Rädern bis zu dem Haus, in dem Susanne wohnte.

Wohnungen und Häuser, in denen Frauen leben, sind anders, auffallend anders, eingerichtet, als Männer das machten.

Es ist wohl so, dass Männer rationaler einrichten, Frauen dagegen sehr großen Wert auf dekorative Gestaltung legen: Hier ein Deckchen, dort eine Unterlage. Männer stellen Blumen in einem einfachen Glas, darunter eine Untertasse, auf den Tisch. Frauen organisieren den Blumenstrauß als Gesamtkunstwerk. Jedenfalls ist das meistens so. Habe ich festgestellt.

„Ich meine", sagte Susanne, „nach dem Verweilen im Schilf und dem anschließenden Bad im lauwarmen See sollten wir duschen! Du zuerst!", legte sie fest.

„Wenn du das so festlegst..", antwortete ich.

„Ja! Und du weißt, wo die Handtücher sind! Ich bin dann in der Küche!"

So tat ich also das, was Susanne mir aufgetragen hatte: Ich ging ins Bad.

Bereits als ich mein Hemd auszog, bemerkte ich, mich umwehte ein muffiger Geruch nach Schlick und dem warmen Wasser im See. Da roch nichts nach frischem jungen Mann, der ich nicht nur vorgab, zu sein.

Bei jedem Waschen, Baden und Duschen ließ ich meinem Schwanz besondere Aufmerksamkeit zukommen. Für mich war er ein angenehmer und wichtiger Begleiter. Er hatte mir bisher nicht nur viele, sondern auch interessante und schöne Erlebnisse und Stunden mit seiner kaum zu bändigenden Lust für's Ficken bereitet.

Deshalb musste meinem Schwanz stets eine Sonderreinigung zukommen.

Ich war damit so beschäftigt, dass ich nicht bemerkte, Susanne schaute mir dabei zu.

Selbstverständlich hatte ich meinem Schwanz zur Reinigung eine gewisse Größe verschafft. Dann war er besser und gründlicher zu waschen. Und als Susanne die Glaswand der Dusche öffnete, fragte sie:

„Sollte ich das nicht besser übernehmen?"

Und ohne meine Antwort abzuwarten, stand sie im nächsten Augenblick neben mir und machte sich an meinem Schwanz zu schaffen.

In der Dusche war genügend Platz. Auch für zwei Personen. Und, was besonders wichtig war, an der Wand waren zwei Griffe befestigt.

Susanne schaffte es innerhalb weniger Augenblicke, meinen ohnehin bereits steifen Schwanz noch weiter zu vergrößern. Dann legte sie vorsichtig die Spitze frei und kniete sich vor mich.

Mit einer Hand hielt sie jetzt den Schwanz, die andere umfassten meine Eier.

„Jetzt zeige ich dir was!", sagte sie leise und blickte mich erwartungsfroh an.

Dann hob sie den Schwanz und begann, sehr langsam, an seiner Unterseite mit einem ihrer Finger entlang zu streichen...
Sie nahm etwas von der milden Seife und rieb meinen Schwanz damit ein.

„Ordnung und Sauberkeit müssen sein!", sagte sie und spülte die Seife wieder ab.
Wieder nahm sie meinen steifen Schwanz in die Hand und begann jetzt, mit ihrer Zunge an seiner Unterseite entlang zu streichen.

Jetzt ließ sie etwas Spucke auf die Schwanzspitze tropfen.
Ich stellte mich breitbeinig und mit dem Rücken zur Wand und genoss das, was Susanne mit meinem Schwanz machte.

„Und jetzt wollen wir 'mal sehen, was dein Schwanz dazu meint!", sagte Susanne und umschloss ihn mit ihren Lippen.

Sie begann, langsame Fickbewegungen mit dem Mund zu machen und streichelte dabei meine Eier.
Ich bemerkte, wie der Samen begann, sich in mir

zu sammeln. Das sagte ich Susanne, während sie unaufhörlich damit beschäftigt war, meinen Schwanz zu lutschen, zu küssen und zu streicheln.

„Das merke ich!", antwortete Susanne.

Nach einigen weiteren Bewegungen umfasste sie jetzt meinen vollständig steifen und bebenden Schwanz mit der Hand und knetete ihn sanft.

Susanne war jetzt aufgestanden und umfasste mit einer Hand den linken Griff an der Wand, beugte sich nach vorn und hielt mir ihren prallen Po entgegen. Ihre Beine hatte sie etwas geöffnet, als sie mich bettelnd aufforderte:

„Komm! Fick mich von hinten!"

Jetzt umfasste Susanne mit beiden Händen die Griffe an der Wand. Ich stand hinter ihr und massierte mit meinem vollkommen steifen Schwanz ihre Spalte. Immer dann, wenn meine Schwanzspitze ihre Knospe berührte, stöhnte Susanne leise auf.

„Fick mich! Bitte jetzt!"
Ich hielt es auch nicht länger aus, setzte meinen Schwanz an und schob ihn Susanne hinein. Bis zu Anschlag. Sie bedankte sich dafür mit einem leisen und unterdrückten Schrei.

Dann begann ich, Susanne mit langsamen

und kräftigen Stößen zu ficken. Und bei jedem Stoß stöhnte sie leise auf.

Ich hatte meine Hände auf ihre Pobacken gelegt und hielt sie so einigermaßen ruhig. Mein sehr steifer Schwanz sollte nicht heraus rutschen.

Nach einigen weiteren Stößen, begleitet von Susannes leisen Schreien, merkte ich, mein Samen wollte heraus gespritzt werden.
Ich hörte mich leise sagen:
„Gleich komme ich!"
Und Susanne antwortete:
„Bitte fick' mir deinen Samen ganz tief 'rein! Bitte!"

Ich erhöhte die Frequenz meiner Fickbewegungen und dann merkte ich, wie der Samen in meinen Schwanz stieg und in dem Moment, als er herausspritzte, war ich tief in Susanne und meine Hände hatten ihre wohlgeformten Pobacken fest gehalten. Susanne rief jetzt laut nach mir.
Sie konnte sich vor Erregung nur mühsam an den beiden Griffen halten.
Dann standen wir keuchend hintereinander und Susanne sagte mir:
„Du fickst mich ja besinnungslos!"
„Gerne, meine Liebe!", antwortete ich und

schob einen meiner Arme unter sie und hielt mich jetzt ebenfalls und über sie gebeugt, an einem der Griffe fest. Susanne lag auf meinem Unterarm und konnte somit nicht auf den Fußboden fallen.

Ich spürte, mein Schwanz wurde in ihr kleiner und nach einigen Momenten rutschte er aus Susanne heraus.

„Schade!", sagte Susanne und richtete sich auf, während sie feststellte:

„So wurde ich noch nie unter der Dusche gefickt!"

Sie stellte sich vor mich, nahm meinen Schwanz in die Hand und sagte:

„Danke, ihr beiden!"

Ich ließ Wasser aus der Dusche prasseln, schob Susanne unter den Wasserstrahl und begann, sie einzuseifen.

„Gleich zu gleich!", sagte Susanne nach einigen Augenblicken, nahm mir die Seife aus der Hand, rieb damit meine Arme und Beine und den Bauch ein. Sie deutete auf meinen Schwanz und sagte:

„Der ist gleich dran!"

Mit der einen Hand legte sie die Schwanzspitze frei und mit der anderen nahm sie etwas Seifenschaum von meinem Bauch und begann dann, meinen Schwanz damit einzureiben. Vorsichtig und langsam.

Der wurde größer und praller und ich fragte Susanne:

„Willst du mir unter der Dusche noch was 'runterholen?"

„Du meinst, ob ich deinen Schwanz wichsen will?"

„Ja!"

„Vielleicht? Auch nicht schlecht!"

Susanne schob mich unter den Wasserstrahl und spülte den Seifenschaum von mir und meinem Schwanz ab.

Dann hockte sie sich vor mich und begann, ihn zu küssen und mit der Zunge zu berühren. Schließlich umschlossen ihre Lippen meinen inzwischen wieder prallen und steifen Schwanz. Der wuchs in ihrem Mund nun noch weiter an und zu respektabler Fickgröße. Susanne ließ ihn noch einige Augenblicke mit den Lippen umschlossen und bewegte ihre Zunge an ihm und ließ ihn dann frei.

„Wenn ich jetzt weitermache, spritzt du in wenigen Augenblicken wieder ab! Aber das Vergnügen heben wir uns für nachher auf!"

„Schade!"

„Vorfreude ist die schönste Freude!", meinte Susanne, gab meiner Schwanzspitze einen Kuss und richtete sich auf.

Sie war immer noch eingeseift, den Schaum spülte sie jetzt ab und stieg dann aus der Dusche.

„Und jetzt?", fragte ich.

„Der ist ja schon wieder etwas kleiner!", sagte Susanne und drehte das warme Wasser ab.

Ein Schwall kaltes Wasser ergoss sich über mich und augenblicklich war auch mein Schwanz kleiner. Susanne grinste mich an und fragte:

„Na, was habe ich gesagt?"

Selbstverständlich war ich sehr erschrocken, als das kalte Wasser mich traf. Ich mochte das nicht. Aber, sollte ich deswegen unsere gute und ausgelassene Stimmung verderben?

Susanne hatte meinen nur wenige Augenblicke währenden Verdruss bemerkt, Sie kam noch einmal zu mir unter das nun wieder warme Wasser und sagte:

„Passiert nicht wieder!"

„In Ordnung!", bestätigte ich.

Und dann war die gute Stimmung wieder zwischen uns.

Susanne wickelte sich in ein großes Badetuch, während ich das beinahe heiße Wasser noch einmal für einige Augenblicke auf mich prasseln ließ. Das wollte ich noch einmal spüren.

Dann band ich mir ebenfalls ein Handtuch um die Hüften. Aus dem Regal im Badezimmer entnommen.

Susanne traf ich in der Küche und sie sagte:

„Ich mach' uns 'was zum Essen und dann ziehen wir auf den Balkon!"

„Nudeln?"

„Susanne wusste, sie konnte mich mit Nudeln, zubereitet auf jegliche Weise und zu jeder Tages- und Nachtzeit, immer an den Tisch locken.

Darum sagte sie auch:

„Ja!"

Ich hatte zudem den Eindruck, während unserer Bekanntschaft war Susanne die beste Nudelköchin in der näheren und weiteren Umgebung geworden.

Als ich in die Küche kam, lag ihr Badetuch auf einem Küchenstuhl und Susanne stand, mit einer langen Schürze bekleidet, am Herd und rührte die Soße.

Vom Türrahmen aus beobachtete ich die Szene. Und ich hatte mich nicht getäuscht, es war keine surreale Erscheinung:

Susanne stand, nur mit der großen Schütze

bekleidet, am Herd. Ich blickte auf ihren festen Po, über den sich die Schleifen der Schürzenbänder gelegt hatten. Und die wohlgeformten und fleischigen und gut proportionierten Schenkel luden allemal zum Zufassen ein. Am Rücken zeichnete sich, wie in einem Graben, die Wirbelsäule ab und die Ansätze ihrer Brüste waren beiderseits vom Latz mehr zu ahnen als zu sehen.

Susanne stand barfuß vor dem Herd und ihre weißblonden Haare standen vom Kopf in alle Richtungen ab.

Auf der linken Schulter sah ich das kleine, kaum größer als eine Ein-Euro-Münze, Tattoo. Ein Symbol aus der ostasiatischen Mythologie.

Zugegeben, es reizte mich, hinter Susanne zu treten und ihr die Schleife der Schürze zu öffnen. Dann, so konnte ich mir vorstellen, würde ich mit den Fingern der einen Hand zwischen ihren schönen und wohlgeformten Schenkel tasten und eine mit Sicherheit fickbereite Spalte fühlen.

Genauso gut wusste ich aber auch, Susanne wollte beim Kochen nicht gestört werden. Und dann, wenn ich dennoch ihre Fickbereitschaft prüfte, konnte es geschehen, dass Susanne mit dem heißen Kochlöffel meinen Schwanz traktierte. Der meldete bereits erneut Bedarf an...

Die Überlegungen währten nur wenige Augenblicke, Susanne hatte mich längst bemerkt und fragte:

„Kannst du 'mal die Markise ausrollen?"

*

Das Haus, in dem Susanne wohnte, war am Rand eines größeren innerstädtischen Parks gebaut.
Und der Balkon war nicht einsehbar. Weder von der Grünanlage noch von benachbarten Gebäuden. Die waren niedriger, mindestens eine Etage.
Die Brüstung des Balkons war eine sorgfältig verputzte und mit weißer Farbe gestrichene Ummauerung. Das deutsche Baurecht, samt der Vorschriften für die Bauausführung, schreibt eine Mindesthöhe für Ummauerungen und Brüstungen vor. Davon war ich fest überzeugt. Es sollen wohl mindestens neunzig Zentimeter sein. Hatte ich irgendwo gelesen oder gehört.
Die Ummauerung von Susannes Balkon war höher. Ich schätzte, mindestens einen Meter und zwanzig oder dreißig Zentimeter. Wenn ich mich an die Mauer stellte, war die Oberkante in Höhe meiner Brust. So in etwa jedenfalls.

Wenn man sehr dicht an der Brüstungsmauer des Balkons stand, konnte der weit vom Haus entfernt stehende Beobachter, etwa vom Park aus, vielleicht noch erkennen, dass da ein Jemand stand. Weil dessen Kopf und Hals zu sehen waren.

Darum konnten Susanne und ich uns auf dem Balkon, wenn wir das wollten, vollkommen unbekleidet bewegen.

Susanne hatte in die auf der Brüstung in einem Gestell befindlichen Kästen Geranien gepflanzt. Sehr große und schöne rote und violette Geranien.

„Und was machst du mit den Pflanzen im Winter? Geranien sind schöner und kräftiger, je älter sie sind...", fragte ich Susanne bei einem meiner ersten Besuche

„Ja! Wie die Männer! Je öller desto döller!", Susanne sah mich mit ihren strahlend blauen Augen an und erklärte mir dann:

„Die Wohnung hat einen Keller!"

„Du trägst die schweren Kästen...?"

„Nein! Jede Pflanze wächst in einem Blumentopf. Und drei oder vier davon befinden sich in einem Kasten. Zwischen die Töpfe habe ich geschredderte Holzstückchen gelegt. So wird die Feuchtigkeit gehalten!"

„Aha!"

Ich hatte von Gartenarbeit keine Ahnung.

Darum bewunderte ich Leute, also auch Susanne, denen es, trotz manchmal widriger Umstände gelingt, eine Pflanze zum Blühen zu bringen.

Und davon, dass Susanne außerdem nicht nur mit meinem Schwanz ein glückliches Händchen hatte, konnte ich mich überzeugen, als sie mir den Kräutergarten, nicht sehr groß und eher bescheiden, in einer Ecke des Balkons zeigte.

„Gute Frau!", sagte ich und meinte einige Momente später:

„Da werde ich also bei dir nicht verhungern! Gut zu wissen!"

„Das zuzulassen war auch nicht mein Plan!"

*

Zum Schutz vor der heißen und grellen Sonne, das Gebäude war mit dem Balkon genau nach Süden ausgerichtet, befand sich an der Fassade, über den Fenstern des Wohnzimmers, eine Markise. Die konnte elektrisch betätigt werden. Der dazu gehörende Schalter war sich an der Innenseite der Wohnzimmerwand. Rechts neben der Balkontür.

Susanne hatte mir, noch während einem der ersten Besuche in ihrem Zuhause über den Dächern der Stadt, alle zum Betrieb ihrer Bleibe erforderlichen Geräte und Vorrichtungen erklärt. Dazu gehörten auch die Bedienungstasten für die Markise.

Während ich die Markise entrollte, stand Susanne in der Balkontür und beobachtete mich. Sie hatte noch immer die große Schürze umgebunden, die ihre Blöße bedeckte.

Sie lehnte am Türrahmen und hatte einen ihrer wunderschönen Schenkel, wohlgeformt und fleischig, kein Gramm Fett war vorhanden, etwas abgewinkelt und zeigte ihn in seiner gesamten unwiderstehlichen Pracht.

Ich musste wohl einige Augenblicke zu lange diesen Anblick bewundert haben. Denn Susanne sagte zu mir:

„Pass auf, dass dir der Sabber nicht aus dem Mund läuft! Du bist doch so ein herrlich geiler Bock!"

„Daran hast du auch deinen Spaß!"

„Stimmt! Und das ist viel, sehr viel, besser als ein Kerl, der seinen Schwanz nur einmal die Woche und nach längerem Handbetrieb lustlos hoch bekommt!"

„Das meine ich auch!"

In diesem Moment rief Susanne:

„Die Nudeln!"

Und im selben Augenblick war sie zur Küche unterwegs.

Gerade noch rechtzeitig, denn mein Schwanz, geil wie er war, hatte begonnen, Bereitschaftsgröße herzustellen. Die aber jetzt, während Susanne in der Küche war, nicht mehr benötigt wurde.

*

Ich hatte Susanne bei einem meiner ersten Besuche ebenfalls gefragt, wie es ihr gelungen war, eine derart schöne und interessante Wohnung zu bekommen, die zudem noch groß und in Ordnung war.

„Eingezogen bin ich mit Hilfe einer Spedition. Ich bin nicht der Typ, der unbedingt alles alleine machen muss. Wozu gibt es solche Firmen? Du willst allerdings wissen, wie es mir gelungen ist, diese Wohnung zu erhalten?"

„Ja!"

„Es geschehen zuweilen Wunder!", sagte Susanne und blickte mich an.

„Weshalb?"

„Michael, mit dem mir die Werbeagentur gehört, wohnte hier mit seiner Frau. Und als dann die Zwillinge kamen, wurde es zu eng. Da fragte er mich, ob ich hier einziehen möchte..."

„Da hast du gut getan!"

„Die vier wohnen jetzt im Grünen. Und ich hier!"

„Ich dachte, du bist in der Firma angestellt tätig?", sagte ich.

„War auch so. Aber dann, als ich Andeutungen machte, wegzugehen, hat er mir die Teilhaberschaft angeboten. Und mit der Wohnung und der gleichberechtigten Teilhaberschaft kann ich mehr als gut leben. Das hatte der gute Michael damals sehr schnell begriffen..."

„Cleveres Mädchen!", lobte ich und war mir ziemlich sicher, das wurde nicht nach einem Fick, egal, wo, ausgehandelt.

Und, als ob Susanne meine schmutzigen Gedanken erraten hatte, sagte sie:

„Das haben wir allerdings am Schreibtisch besprochen! Es sei nur gesagt, damit du andere Gedanken beiseite schieben kannst!"

Was ich dann auch tat...

*

Wenn Susanne und ich zusammen in ihrer Wohnung waren und gemeinsam aßen, war es meine Aufgabe, den Tisch dafür vorzubereiten.

Während sie für uns kochte, stellte sie Geschirr und Besteck und alles andere, was benötigt wurde, auf ein Tablett.

Ich ging in die Küche, wollte eigentlich das Tablett holen und stellte fest, Susanne hatte inzwischen die ultrakurze Hose und ein weißes Männerhemd angezogen.

Das Hemd hatte sie vorm Bauch verknotet und zusätzlich mit zwei oder drei Knöpfen gesichert. Ihre auch sehr wohlgeformten Brüste blieben auf diese Weise unter dem Hemd.

Susanne sah mich etwas vorwurfsvoll an, bevor sie sagte:

„Willst du dir nicht auch 'was anziehen?"

Sie hatte recht. Noch immer war ich, mit dem Badehandtuch, um die Hüften geknotet, in der Wohnung unterwegs.

„Einen Moment!", sagte ich und ging, um Hemd und Hose anzuziehen. Auf den Slip verzichtete ich.

*

Susanne und ich hatten, bald nach dem Beginn der warmen Tage, begonnen, auf dem Balkon zu leben:

Lesen, entspannen, essen, ficken...

Alles geschah auf dem Balkon. Wobei wir zum ficken allerdings auch vielfach auf Susannes großes Bett in der Wohnung gingen.

Und vorher schlossen wir alle Fenster und Türen.

Dann, nach dem Ficken, gingen wir wieder auf den Balkon und lagen, eng aneinander gekuschelt, auf der großen Matratze und blickten zum Himmel und zu den Sternen.

*

Am Beginn unserer Balkonzeit, übrigens ein Begriff, den Susanne für unsere Aufenthalte unter freiem Himmel festgelegt hatte, krochen wir in unsere Schlafsäcke.

Später dann, während der Hitzewochen im Hochsommer, als die Hundstage über das Land gekommen waren, genügte als Zudecke ein Bettlaken.

Die Mauern des Hauses, am Tage aufgeheizt, gaben in der Nacht diese Wärme auch an uns ab.

In den sternenklaren Nächten, wenn der Vollmond am Himmel seine Bahn zog, hatte ich es gern, wenn Susanne auf mir saß und mich fickte. Aufrecht, mit durchgedrücktem Rücken.

Ihre Hände stützte sie meine Beine und ihre prallen und wohlgeformten Brüste zeichneten sich gegen den mit Sternen und dem Vollmond bedeckten Himmel ab.

Ich hatte dabei meine Hände auf ihre schönen Schenkel gelegt, wenn sie langsam ihr Becken auf meinem großen und steifen Schwanz hob und senkte.

Mit ein wenig geöffneten Augen beobachtete ich sie dabei.

In dieser Stellung konnten wir sehr lange miteinander ficken. Das war nur gut und besser, solange Susanne die Frequenz ihrer Bewegungen über die Zeit nicht erhöhte und es ihr so gefiel.

Dann beugte Susanne sich über mich und hob ihr Becken ein wenig an.

Sie stützte sich auf ihre Unterarme und die Nippel ihrer prallen Brüste streichelten mich im Takt der Fickbewegungen.

Ich hielt jetzt Susanne an ihren Schenkeln fest, so dass sie sich nicht bewegen konnte und begann, sie zu ficken. Erst langsam. Sehr langsam sogar. Und als ich allmählich schneller wurde, begann sie, um meinen Samen zu bitten und zu betteln:

„Fick ihn mir 'rein! Bitte alles und ganz tief!"

Susanne hatte jetzt ihre Schenkel etwas weiter geöffnet. Ich fickte sie von unten mit kräftigen Stößen, was mir mit leisem Gestöhn gedankt wurde..

„Jetzt kommt dein Samen, ja?", fragte sie leise an meinem Ohr.

„Ja, gleich!", ich spürte, wie mein Samen sich gesammelt hatte und zum Abspritzen in den Schwanz kam.

Meine Stöße wurden schneller und als der Samen in Susanne hinein schoss, hielt sie mich eng umschlungen und leises Stöhnen und Wimmern war von Susanne zu hören.

Dann ließ sie sich neben mich fallen und lag nun tief atmend neben mir.

*

Während ich Hemd und Hose anzog, hatte Susanne mit einem elektrisch betriebenen Gerät die große Matratze auf dem Boden des Balkons aufgepumpt.

Genau in dem Moment, als sie das neue und blütenweiße Laken auf die Matratze legte, stellte ich mich neben sie.

„Dann kann ja einem angenehmen Abend nichts weiter im Wege stehen!", sagte ich.

„Doch! Ein Problem wäre da noch!", meinte Susanne.

„Nämlich?", fragte ich.

„Dein Schwanz will nicht!"

„Das wäre das erste Mal. Und bei deiner fachkundigen Betreuung ausgeschlossen!"

Susanne grinste mich an, legte den Kopf zu Seite und erwiderte:

„Danke für das Kompliment!"

„Was gesagt werden musste!"

Wie setzten uns an den Tisch und während ich Wein in die Keramikbecher goss, füllte Susanne das Essen in die Schalen.

*

Es war einer jener Tage und Abende, die scheinbar nie enden wollten. Jetzt, Mitte Juni, würde die Sonne in wenigen Tagen den Zenit ihrer vermeintlichen Umlaufbahn erreichen.

Dabei war die Stellung der Erde zur Sonne der einzig und allein richtige Grund dafür, dass die Sonne dann den nördlichen Wendekreis erreicht hatte. Also 23,6 nördliche Breite.

Susanne und ich saßen während der bürgerlichen Dämmerung am Tisch auf dem Balkon. So unbeobachtet, wie bereits beschrieben.

Wir aßen und tranken dazu den leichten, kühlen Weißwein. Wir sprachen über dies und jenes. Über gemeinsame Bekannte und eventuelle Erlebnisse mit denen.

Wir sprachen über Bücher und stellten fest, dass wir, unabhängig voneinander, im Winter gern Lesungen besuchten.

Als die bürgerliche Dämmerung von der nautischen verdrängt worden war, wollte Susanne den Tisch ohne meine Hilfe abräumen. Ausdrücklich ohne meine Hilfe.

Sie forderte mich auf, eine weitere Flasche Wein zu öffnen.

Dann hatte Susanne ihren Stuhl neben meinen gestellt, saß also jetzt neben mir und meinte dann:

„Ich kann dir nicht nahe genug sein!"

„Ja, das spüre ich!"

Dann fragte sie mich:

„Wie lange kennen wir uns? Ich meine, sind wir zusammen?"

Deswegen, um auf diese Frage zu antworten, musste ich nicht überlegen und sagte sofort:

„Heute sind es vierzehn Wochen!"

Susanne blickte mich an, dann antwortete sie:

„Stimmt!"

Und nach einigen Augenblicken fügte sie hinzu:

„Die Zeit mit dir kommt mir wie eine Ewigkeit vor!"

Susanne saß aufrecht auf dem Stuhl, hatte ihre Hand in meine gelegt und gemeinsam beobachteten wir die astronomische Dämmerung.

„Ob es heute Nacht dunkel wird?", fragte ich.

„So richtig nachtdunkel?", fragte Susanne.

„Ja!"

„Wohl kaum! In Schweden, besonders in Schweden, wird am Tag der Sommersonnenwende das Mittsommerfest gefeiert und nördlich des 60. Breitengrades geht die Sonne nicht unter..."

„Deswegen auch die Weißen Nächte in St. Petersburg!", ergänzte ich.

*

Wir saßen an diesem Abend noch lange, sehr lange, auf dem Balkon über den Dächern der Stadt. Sprachen auch über uns, unser mögliches gemeinsames Leben und planten und redeten und träumten von uns...

Irgendwann legte Susanne ihre wenigen Kleidungsstücke ab, setzte sie sich auf meinen Schoß und begann, meine Hose zu öffnen. Sie zog das Hemd aus der Hose und mir über den Kopf und mein inzwischen halb steifer Schwanz wartete auf ihre Zuwendung und

Aufmerksamkeit.

Als meine Finger zwischen ihre Schenkel die Erkundungen begannen, merkte ich sofort, ohne an ihrer Spalte gewesen zu sein, ihre Bereitschaft, mit mir zu ficken.

Susanne fasste mich an den Händen und zog mich auf die Matratze, legte sich mit weit geöffneten Schenkeln auf den Rücken und flüsterte:

„Komm' jetzt rein! Jetzt sofort!"

Und in dem Moment, als ich meine Schwanzspitze an ihrem Eingang angesetzt hatte, zog sie ihre Schenkel an sich heran. Und dann, als mein harter Schwanz in sie eindrang, stöhnte Susanne leise auf und zog mich zu sich heran..

Ich wusste, sie wollte jetzt ohne Unterbrechungen und so, wie wir aufeinander lagen, bis zum Abspritzen aus meinem Schwanz, gefickt werden.

Mit langen Stößen schob ich meinen Schwanz in Susanne hinein. Zuerst etwas langsamer. Und als sie begann, mitzuficken, wurden meine Bewegungen tiefer und schneller.

Bald spürte ich, in mir sammelte sich der Samen. Das musste Susanne ebenfalls bemerkt haben, denn sie flüsterte in mein Ohr:

„Gleich ist es soweit? Ja?"

„Gleich!", antwortete ich.

Mit immer schnelleren Stößen fickte ich Susanne und hatte meine Hände unter ihre Pobacken geschoben und hob sie etwas an. So kam mein Schwanz noch ein wenig tiefer in sie hinein.

Dann spürte ich, es waren nur noch sehr wenige und tiefe Stöße, dann würde der Samen aus meinem Schwanz geschleudert und ich flüsterte:

„Jetzt kommt's!"

Ich spritzte meinen Samen tief in Susanne hinein und sie flüsterte:

„Nur noch mit dir will ich ficken! Mein ganzes schönes Leben nur noch mit dir!"

Susanne legte ihre Füße auf meinen Po und hielt mich mit den Armen fest, als sie sagte:

„So will ich unsere vielen Kinder mit dir machen!"

*

Wir wohnten an dem Wochenende auf dem Balkon. Susannes Wohnung betraten wir nur, um das Bad zu benutzen oder aus der Küche unser Essen zu holen.

An den See sind wir nicht gefahren. Susanne meinte:

„Da sind zu viele Leute! Ich kann mit dir nicht allein sein!"

„Und dann kommt vielleicht wieder Jo mit seiner dürren Kindfrau!"

„Könnte sein!"

Mit diesen Worten war nicht nur unser Verbleib auf dem Balkon besprochen und verkündet. Auch über Jo und die Cindy sprachen wir nicht wieder.

Obwohl Susanne und ich oft und gerne über andere Leute sprachen.

Weil ab halb elf am Vormittag und dann bis zum Abend die Sonne von einem wolkenlosen Himmel auf den Balkon brannte, hatten wir die Markise ausgerollt. Darunter, im Schatten, standen unsere Stühle und der Tisch. Und unter den Tisch hatten wir einen Eimer mit kaltem Wasser gestellt und darin waren Getränke.

Auch unsere große Matratze lag im Schatten der Markise. Am Mittag hielten wir Siesta. Wir lagen nackt nebeneinander und Susanne hatte meinen Schwanz in eine Hand genommen, kurz bevor wir einschliefen. Als wir aufwachten, so gegen halb vier, lag Susanne in meinem Arm und ich hatte meine Hand auf eine ihrer Brüste gelegt. Die waren, ich erwähnte es bereits, ebenso wohlgeformt wie die Schenkel.

Susanne meinte, während wir so nebeneinander lagen:

„Wenn wir jetzt ficken, dann kleben wir aneinander fest!"

„Kann passieren!"

„Ich könnte deinen Schwanz auch wichsen!"

„Und du?", fragte ich, „Aber geteiltes Leid ist halbes Leid!"

„Stimmt auch wieder!", sagte Susanne und stand auf.

Sie ging, mit nichts außer dem Nichts bekleidet, zum Kräutergarten und meinte:

„Ich koche uns Minzetee mit Honig. Der wird in Arabien möglichst heiß getrunken!"

„Aha!"

„Ja, hab' ich in Holland kennen gelernt!"

Susanne stellte das Tablett dann auf den Tisch und dazu eine Schale mit etwas Gebäck.
Sie hatte sich jetzt ein großes und mit grellen Farben bedrucktes Tuch um die Hüfte gebunden. Und auch für mich eines mitgebracht. Davon besaß sie eine große Auswahl.
Mit den Stielen der Minzepflanzen rührte sie in ihrer Tasse und sagte:

„Weißt du, dass ich ein kleines Haus am Strand besitze? An der See, keine hundert Meter vom Wasser entfernt!"

„Nee! Hast du mir noch nicht gesagt!!", antwortete ich und sagte einige Augenblicke später:

„Dann bist du also eine gute Partie. Stadtwohnung und Haus am Meer!"

„Haus am Meer ist wohl sehr übertrieben! Eher Bungalow am Strand!"

„Und dahin willst du mit mir fahren?"

„Ja! Sicher! Vielleicht am kommenden Freitag und dann so bis Dienstag, oder?"

Weil ich keinen Chef hatte und also für eigene Rechnung arbeitete, war es für mich kein Problem, jedenfalls nicht in diesem Fall, dann zu fahren, wann ich das wollte. Und auch wie lange ich das für notwendig erachtete.
Also sagte ich:

„Gerne! Ich will nicht wissen, wohin wir fahren werden. Und nur, wie kommen wir dorthin?"

Susanne sah mich einen Moment an, dann sagte sie:

„Ich hole dich ab!"

Am Strand

Am Freitag klingelte Susanne pünktlich zur verabredeten Zeit an meiner Wohnungstür.

Wir wussten voneinander, dass jeder Unpünktlichkeit ohne zwingenden Grund nicht akzeptierte.

Warum müssen andere Leute ohne eigene Schuld warten?

„Pünktlichkeit ist die Höflichkeit der Könige!", hatte mir Susanne wenige Tage nach dem Beginn unserer gemeinsamen Zeit erklärt. Damals, als sie erneut sehr lange auf einen Besucher in ihrem Büro gewartet hatte.

Darum war Susanne zur verabredeten Zeit an meiner Tür.

Den Beutel mit meinen persönlichen Sachen hatte ich bereits in den Flur gestellt.

Wir wollten ohne Verzögerung fahren. An den Strand und das Meer. Und darum kam Susanne nicht vom Abtreter weg und meinte nur:

„Komm!"

*

Als wir die Autobahn erreicht hatten, von der wir nach etwas mehr als einer Stunde Fahrt wieder abbiegen mussten, um an den Strand zu gelangen, sagte Susanne:

„Meine Mutter und mein Vater haben mir das Haus am Strand geschenkt...“

„Ja? Wirklich?“

„Damals, als sie sie das neue Haus kauften. Auch am Meer, aber am anderen Ende des Landes!“

„Das war doch sehr großzügig und sie haben dir einen sehr großen Gefallen getan! Oder?“

„Ja! Allerdings, anfangs wollte ich das Haus am Strand nicht haben. Besitz belastet. Dachte ich. Doch sie ließen nicht locker, wie man es so schön sagt. Nur gut so! Denn, nachdem ich einige Male festgestellt hatte, dass es vom Büro bis zum Strand nur etwas mehr als zwei Stunden Fahrt sind, waren meine Zweifel beseitigt und ich freue mich heute darüber, das Haus zu haben...“

„Kann ich mir gut vorstellen!“

„Die Hälfte der Zeit, die bleibt, wenn ich vom Strand komme, muss ich nutzen, um das Haus in Ordnung zu halten. Ich bekomme für meine Arbeit eine gute Bezahlung, aber für einen Hausmeister reicht's dann doch nicht...“, Susanne sah mich so an, als sollten ihre Worte bestätigt werden.

Worauf ich antwortete und Susanne anblickte:

„Vielleicht kann ich dir bei einigen Arbeiten behilflich sein!"

„Gerne!"

*

Noch bevor wir die Autobahn verließen und dann auf gut ausgebauten Landstraßen fuhren, dem Haus und dem Strand entgegen, erzählte Susanne mir, wie ihre Familie das Haus erworben hatte:

„Sie, also meine Mutter und mein Vater, haben es gekauft!"

„Da hatten sie aber großes Glück! So 'was gibt's nur alle paar Jahre auf dem freien Markt!", antwortete ich.

„Stimmt! Aber so war es nun auch wieder nicht!", Susanne blickte mich wieder einige Augenblicke an. Dann sagte sie weiter:

„Als ich noch ein Kind war, ich habe keine Geschwister, fuhren meine Mutter und mein Vater mit mir ans Meer und zu dem Haus. Jeden Sommer zwei oder drei Wochen."

„Und immer zum Haus?"

„Ja! Die Leute, denen das damals gehörte, waren schon etwas älter. Ich hörte, wie die Frau 'mal zu meiner Mutter sagte, sie solle sich keine Gedanken darüber machen, wenn wir im Sommer fahren. Wann kommt das Kind, so fragte sie, sonst an die See! Damals gab es wohl kaum andere Möglichkeiten...!"

„Damals, in dem kleinen eingemauerten Land!", sagte ich.

„Ja! Allerdings zu einer Zeit, an die ich mich nur noch schemenhaft erinnern kann. Das war im anderen Jahrtausend!"

„Und das Land hat erst sich gewendet und dann wurde es gewendet. Ist auch gut so, wenn auch nicht alles gut ist!", sagte Susanne und erklärte mir nach einigen Momenten weiter:

„Na, jedenfalls, meine Mutter, vor allem sie, hat den beiden alten Leuten dann noch viele Wege abgenommen. Eigentlich wurden sie betreut. Die beiden hatten keine Kinder und keine Verwandten. In ihrem Testament haben sie dann verfügt, dass meine Mutter und mein Vater zu gleichen Teilen das Haus erben. Das Grundstück war, damals Gesetz, nur vom Staat gepachtet..."

„Ach so?"

„Ja! Aber das müssen wir jetzt nicht erläutern!"

„Na, dann ein anderes Mal...!"

„Ja! Den Hausrat und die Einrichtung und den persönlichen Besitz, Bücher, Schallplatten, das haben ebenfalls meine Mutter und mein Vater bekommen. Und was sie davon nicht haben wollten, so verfügten die alten Leute, sollte verschenkt werden. Heute würde man sagen, an soziale Einrichtungen und an Leute, die 'was haben wollten. Übrigens, ausdrücklich wurden meine Mutter und mein Vater bedacht..."

„War ja großzügig!"

„Ja! Allerdings an die Einzelheiten kann kann ich mich, wie schon gesagt, nicht weiter erinnern. Ich war damals noch nicht einmal ein Schulkind!"

*

Ich saß schweigend neben Susanne und beobachtete die vorüberziehende Landschaft.

„Es kann wohl nicht mehr lange dauern, bis wir am Ziel sind, oder?"

„Stimmt! Die ersten Möwen haben uns bereits begrüßt!"

„Habe ich gesehen!"

„Na, vielleicht noch eine halbe Stunde, wenn die Brücke geschlossen ist. Aber um diese Zeit sollte das nicht sein!"

*

Wir hatten das wenige Schritte hinter dem Strand gelegene Ferienhaus erreicht. Susanne stellte ihre Tasche vor die Tür und blickte mich an. Ihre Augen strahlten, als sie sagte:

„Mein Rückzugsraum!"

Dann öffnete sie die Tür und ging vor mir ins Haus.

Das bestand tatsächlich scheinbar nur aus einem großen Raum. Dann bemerkte ich, an der einen Seite waren das Bad und ein separater Schlafraum. Eher eine Abseite mit Bett.

Susanne öffnete die Fenster und sagte:

„Der Mief muss 'raus! Und wir gehen an den Strand!"

„Gut!", sagte ich und begann, meine Badehose im Gepäck zu suchen.

„Das ist nicht nötig! Nimm' dein Handtuch mit, das reicht!"

Und um ihren Worten mehr Bedeutung zu verleihen, hob Susanne ihren Rock und ich blickte auf ihre wohlgeformten und bereits sommerbraunen Schenkel.

„Dann lass' uns gehen!", ich nahm Susanne an die Hand.

Nach wenigen Minuten erreichten wir den breiten Sandstrand.

Irgendwo, beinahe am Horizont, konnte ich andere Strandbesucher erkennen. Ansonsten waren wir an dieser Stelle die einzigen Besucher. Susanne strahlte mich an, als sie sagte:

„Nun weißt du, warum wir keine Badefummel benötigen!"

Sie ließ den Rock fallen, zog das für sie etwas zu große Männerhemd aus und fragte:

„Worauf wartest du? Soll ich dir helfen?"

Ohne meine Antwort abzuwarten, streifte sie mir mein Hemd über den Kopf und machte sich danach sofort am Gürtel meiner Hose zu schaffen.

Längst hatte ich bemerkt, mein Schwanz war bei so viel Aufmerksamkeit nervös geworden.

Als Susanne mir dann Jeans und Slip herunter streifte, sprang er ihr entgegen.

Wie ein aus dem Käfig befreites Tier. Und Susanne, nie um ein Wort verlegen, meinte bei seinem Anblick, mein Schwanz war jetzt bereits zu respektabler Größe gewachsen:

„Da muss 'was passieren!"

„Da kann auch 'was passieren!", bestätigte ich und drückte Susanne sanft in den warmen Sand.

Sie schaffte es noch auf ihr Handtuch. Dann kniete sie sich vor mich und begann, mit geübten Griffen meinen Schwanz weiter zu vergrößern.

Susanne tat das derart geschickt und gleichzeitig gefühlvoll, dass ich befürchtete, gleich zum Schuss zu kommen.

Mal nahm sie eine Hand, dann die andere und manchmal auch beide.

Sie hatte bemerkt, dass ich kurz vor dem Schuss stand, denn immer dann, wenn es beinahe soweit war, wurden ihre Bewegungen langsamer.

Ich blickte an mir herunter und sah meinen steifen und prallen Schwanz beinahe rechtwinklig von mir abstehen. Dabei von Susannes kleinen und kräftigen Händen umfasst.

Susanne ließ sich langsam rückwärts auf ihr Handtuch fallen, öffnete ihre schönen Schenkel und zog mich an meinem Schwanz zu sich herunter.

Jetzt war meine glänzende Schwanzspitze direkt vor Susannes Eingang. Sie hielt ihn noch immer mit einer Hand umfasst. Dann drückte sie mit der anderen Hand auf meine Pobacken und schob meinen Schwanz in sich hinein.

Als ich vollständig in sie eingedrungen war, stütze ich mich auf und konnte Susanne beobachten, während ich mit langsamen Bewegungen begonnen hatte, sie zu ficken.

Wie die meisten Frauen hatte Susanne jetzt die Augen geschlossen und den Mund leicht geöffnet, so dass ich ihre weißen und ebenmäßig gewachsenen Zähne sehen konnte.

Jetzt hatte sie ihre Schenkel zu sich herangezogen, während ich sie tief und ausdauernd fickte.

Dann umfasste sie mit den Händen die Knie, zog die Beine noch weiter zu sich heran und begann, mitzuficken.

Sie begann, um meinen Samen zu bitten und zu betteln.

Und ich wusste, es waren jetzt nur noch wenige Stöße, bis ich abdrücken würde.

Ich stieß noch kräftiger zu. Dann bemerkte ich, wie sich mein Samen sammelte und fünf oder sechs schnelle und tiefe Stöße später schoss er tief in Susanne hinein.

In diesem Moment, dann, als ich ihr meinen Samen tief hineinspritzte, stieß Susanne mehrere leise und dennoch schrille Schreie aus.

Ich wusste, wir waren gemeinsam gekommen.

Susanne zog mich zu sich heran und hielt mich mit Armen und Beinen, die sie um mich geschlungen hatte, fest.

„Du bist so schwer!", sagte Susanne nach einigen Minuten und lockerte ihre Umklammerung.

Mein Schwanz war in Susanne inzwischen kleiner geworden und würde bald wieder normale Tagesgröße erreicht haben.

Ich stützte mich wieder auf und beachtete genüsslich und wohlwollend das unter mir liegende frisch gefickte Weib.
Dann erhob ich mich und ging zum Wasser.

Ich konnte es noch immer nicht fassen, heute und hier und soeben und nach langer Zeit wieder am Strand gefickt zu haben.

Das Wasser war so kalt, dass es in meinen Waden, wie mit unzähligen Nadeln gepieckt, stach.

Dennoch ging ich einige Schritte in das Wasser hinein. Etwa soweit, bis mein Schwanz von den kleinen Wellen berührt wurde.

Aus Erfahrung wusste ich, das kalte Wasser würde auch an meinen Eiern schmerzen. Und das wollte ich nicht. Auf keinen Fall!

Also nahm ich das sehr kalte Wasser in meine Hände und besprizte mich. Das war sehr erfrischend.

Ich hatte gelesen, im Meer wird das kalte Wasser immer an den Strand gedrückt. Und dann driftete es wieder an der Oberfläche 'raus auf's Meer. Deshalb wurde davor gewarnt, sehr weit hinaus zu schwimmen... Bis zur Brust und das auch nur bei ruhiger See, hatte ich gelesen.

Selbst geübte Schwimmer hatten, einmal von der Oberflächenströmung erfasst, mitunter bedeutende Probleme, wieder in Ufernähe und dann an Land zu gelangen.

Die Strömung zog jeden und alles hinaus...

Susanne lag auf ihrem Handtuch und hatte mein Kommen vernommen.

Als ich neben ihr stand, sagte sie, ohne die Augen zu öffnen:

„Wenn du mich nass machst, greife ich dir an die Eier. Und ich drücke auf jeden Fall zu! Das soll sehr weh tun, habe ich mir sagen lassen!"

„Stimmt!"; antwortete ich und hatte keinen Zweifel an ihrer Ankündigung.

Darum holte ich auch, brav wie ein Schuljunge, mein Handtuch und legte mich darauf und neben Susanne.

Als die Sonne mich getrocknet hatte, legte ich mich auf die Seite und begann, Susanne zu betrachten.

Die sagte nur:

„Fleischbeschau!"

Dazu erwiderte ich nichts. Recht hatte sie ohnehin und ich sah auf die hellblonde gekräuselte Pracht auf ihrem Venushügel. Auch wenige rötlich schimmernde gelockte Härchen konnte ich erkennen.

Mein Schwanz hatte sich erholt und als ich Susanne betrachtete begann er, sich erneut zu regen. So, als wollte er ebenfalls an der Besichtigung teilnehmen.

Susanne öffnete die Augen, grinste mich an und fragte:

„Sieht gut aus, oder?"

„Hm!"

„Kannst du alles behalten, wenn du das willst!", Susanne schloss erneut die Augen, tastete nach meinem Schwanz und nahm ihn in ihre kleine und feste Hand.

Dann schliefen wir ein...

*

Irgendwann wurde ich wach und bemerkte, es war kühl geworden.

Susanne hielt noch immer meinen Schwanz in ihrer Hand und atmete tief und regelmäßig.

Dann wurde sie wach, stand sofort auf und bedeckte mich mit ihrem Handtuch.

Ich regte mich nicht und genoss diese fürsorgliche Geste.

Ich hob den Kopf und sah Susanne zum Wasser gehen.

Im knietiefen Wasser schöpfte sie mit den Händen Wasser und ließ es über ihre Haut rinnen.

Ich setzte mich in den noch warmen Sand und sah ihr dabei zu.

Als Susanne mich sah, winkte sie mir und ich ging zu ihr.

Mein Körper war aufgeheizt. Darum ging ich jetzt langsam, sehr langsam in das Wasser.

Weil ich befürchtete, Susanne könnte mich mit einem Schwall Wasser empfangen, blieb ich in einiger Entfernung, vielleicht waren es etwa fünf Meter, vor ihr stehen und blickte sie an.

„Ist 'was?"; fragte sie

„Prachtweib! Vollfrau!"

„Kannst du alles haben! Jeden Tag und jede Nacht!"

„Gerne!"

Ich war soweit herunter gekühlt, dass mir einige Wasserspritzer, dann von Susanne gegen mich geschleudert, nichts ausmachten.

Ich ging zu ihr. Susanne bewegte sich nicht, stand mit ruhigen Händen im Wasser und ich sagte:

„Ich kann es nicht leiden, mag es nicht, mit kaltem Wasser bespritzt zu werden. Deshalb mach ich das auch nicht mit anderen Leuten! Egal, wer das ist!

Jetzt standen wir uns gegenüber. Ich nahm Susanne in meine Arme und eng umschlungen. Wir sagten kein Wort und genossen unser Glück. Beide standen wir splitternackt im kalten Wasser...

Dann bemerkte ich, wie sich mein Schwanz regte und zwischen uns drängelte.

Susanne meinte daraufhin:

„Hier geht's nun wirklich nicht! Sag' ihm das!"

Doch statt dessen antwortete ich:

„Wenn ich mein Schwanz wäre, würde ich auch bei uns sein wollen!"

„Kann ich verstehen! Aber hier ist keine Besuchszeit!"

„Schade!"

Ich hockte mich einige Augenblicke in das sehr kalte Wasser. Das gefiel meinem Schwanz überhaupt nicht. Er zog sich sofort zusammen und war, als ich mich erhob, ein winziges und scheinbar unschuldiges Etwas.

Susanne starrte auf diesen Zipfel an mir. Dann blickte sie mich an, anschließend noch einmal meinen zum Kümmerling geschrumpften Schwanz und sagte schließlich:

„So kalt! Ja?", dabei hielt sie ihre rechte Hand auf Augenhöhe und zwischen Daumen und Zeigefinger war nur ein sehr geringer Abstand.

„Ja!"

Doch dann regte sich mein Schwanz wieder und als wir, einander an den Händen gefasst, aus dem Wasser gingen, hatte er wieder normale Tagesgröße erreicht. In diesem Moment wusste ich, er ist eben doch ein stolzer Schwanz und jederzeit zum Einsatz bereit.

Als Susanne das sah, meinte sie:

„Na, geht ja wieder!"

Wir saßen dann noch eine Weile, vielleicht eine Viertelstunde, auf unseren Handtüchern und blickten wortlos über den Strand und auf das Meer. Susanne hatte meine Hand ergriffen und hielt sie fest.

Dann sagte sie:

„Ich hab' Hunger!"

„Worauf?", fragte ich nicht ohne Hintergedanken und betrachtete die Vollfrau an meiner Seite.

„Auf Fisch und Salat und Wein!"

„Hm!"

„Und dann, wenn wir zu Hause sind, wird wieder gefickt! Nur, dass die Reihenfolge klar ist!", sagte Susanne.

*

Der Fisch war gut. Der Wein etwas herb. Und Susanne zum Anbeißen verführerisch in dem bunten Sommerkleid.

Sie trug nur dieses bunte Sommerkleid und Riemchensandalen aus Leder. Mehr nicht. Und dann, auf dem Weg in das Haus am Strand begannen wir, zu fummeln.
Animationsübungen nannte Susanne das.

Die Zeit bis zum Sonnenaufgang verbrachten wir damit, dass ich Susanne fickte oder sie tat das mit mir.

In den Pausen zwischen zwei Vögeleien schliefen wir und weckten uns immer wieder dadurch, dass wir uns gegenseitig befummelten, Susanne hauptsächlich meinen Schwanz.

„Ich will nur mit ihm spielen! Und dann wird er groß!", sagte sie.

„Tja!", sagte ich, „Der weiß, was sich gehört!"

„Stimmt!"

Dann schliefen wir endgültig ein und die Sonne stand bereits hoch am Himmel, als ich später erwachte.

Susanne lag bäuchlings auf ihrer Bettdecke. Sie hatte ein Bein angewinkelt und schlief ruhig und fest. Darauf deutete ihr gleichmäßiges Atmen hin.

Ich legte mich auf die Seite, stützte mich auf einen Arm und beobachtete Susanne. So, wie eine Trophäe.

Susanne war bereits jetzt, im Frühsommer, leicht und gleichmäßig gebräunt. Irgendwelche Zeichen oder Abdrücke eines Badeanzuges oder Bikini oder von sonstiger Bekleidung konnte ich nicht feststellen.

Ihre hellen Haare, nahezu weißblond, bildeten einen angenehmen Kontrast zu der Körperbräune.

Ich wusste, hellhäutige Menschen sind oft und bekannterweise empfindlich gegen Sonnenlicht.

Darüber machte ich mir allerdings bei Susanne keine Gedanken. Statt dessen betrachtete ich ihren muskulösen und makellosen Körper mit dem kleinen und festen Po.

Und schließlich glitt mein Blick über ihre wohlgeformten und wirklich angenehm anzusehenden Schenkel. Frei von Cellulite, versteht sich.

Ich konnte nur schwer der Versuchung widerstehen, Susanne zu streicheln. Und mein Schwanz hatte auch schon wieder Witterung aufgenommen...

Nur die Tatsache, dass ich Respekt vor dem Schlaf anderer Leute hatte, egal, wer das war, ließ meine Hände ruhen und Susanne weiter schlafen.

Schließlich hatten wir später den gesamten Tag am Strand für uns. Und nur für uns. Und wir konnten das tun und lassen, was wir wollten. Dazu gehörte auch, miteinander zu ficken.
Denn Susanne und ich waren der Meinung, es wäre jammernschade um jedes nicht miteinander erledigte Nummerchen.

Sicher, und das will ich nicht verleugnen und nochmals erklären, die nackte und entspannt schlafende Susanne an meiner Seite, wie bekannt ein Prachtexemplar von Weib, weckte die Begehrlichkeit nach sofortigem Sex mit ihr.

Allerdings wusste ich nicht, wie sie reagierte, wenn ich sie weckte. Das würde ich sehr sanft und mit viel Gefühl machen, überlegte ich. Aber immerhin, vielleicht sollte ich sie wecken!

Vielleicht würde sie mich schroff abweisen und irgendwas von 'nem ewig geilen Bock sagen.

Oder sie würde sich, eher lustlos, ficken lassen. Und danach zur Seite rollen und sofort weiter schlafen.

Allerdings war kaum zu erwarten, dass Susanne sofort zur Hochform aufläuft. So, als konnte sie es kaum erwarten, wieder gefickt zu werden.

Also Ausgang ungewiss...

Doch dann, nachdem ich Susanne weiter beobachtet hatte, geschah etwas, womit ich nicht gerechnet hatte.

Ich war so erstaunt, dass ich einige Augenblicke benötigte, um die Situation zu begreifen.

Ohne Vorwarnung und dann, ohne sich zu bewegen, ließ Susanne ihre Hand zu mir herüber gleiten.

Dann begann sie, nach meinem Schwanz zu suchen.

Während ich Susanne betrachtet hatte, war der gewachsen und lag jetzt groß und ein wenig schwer auf meinem Bauch.

Als Susanne meinen Schwanz ertastet hatte, nahm sie ihn in ihre kleine und kräftige Hand und sagte:

„Da ist aber dringend Abhilfe nötig!"

Sie begann, meinen Schwanz zu streicheln, was der ihr mit weiterem Wachstum dankte.

Susanne legte die Schwanzspitze frei und ließ etwas Spucke darauf tröpfeln. Die verteilte sie anschließend mit der Zunge und begann dann mit leichtem Handbetrieb.

Nach wenigen Augenblicken hatte mein Schwanz dann seine Betriebsgröße erreicht.

Susanne war beim Wichsen sehr gewissenhaft und zudem gefühlvoll und ließ immer wieder von ihrer Spucke auf meinen stolzen Schwanz tröpfeln.

Nach einigen Minuten, zwei oder drei mögen es gewesen sein, fragte ich:

„Willst du, dass ich an die Zimmerdecke spritze?"

„Keine Angst, da passe ich schon auf!", sagte Susanne und machte eine Pause, „Das wäre auch sehr unvernünftig! Schließlich ist das mein Zeug, was aus dir kommt! Ich meine deinen Samen! Und zwar, solange wir miteinander ficken!"

„Stimmt!"

Susanne stellte aber dann doch den Handbetrieb ein, ließ noch etwas Spucke auf die Spitze meines harten Schwanzes tropfen und flüsterte sie mir zu:

„Ich will dich jetzt mit dir in den Morgen ficken!"

Ohne meine Antwort abzuwarten, setzte sie sich auf mich. Und mein Schwanz drang in sie hinein.

Langsam, so langsam, dass es kaum zu bemerken war, begann Susanne, sich auf meinem Schwanz zu bewegen.

Sie saß sehr gerade auf mir, hatte die Augen geschlossen und ihren Kopf in den Nacken gelegt. Dadurch war in ihrem Oberkörper genau die Spannung, die ihre festen Brüste abstehen ließ.

Ich hatte die Augen etwas geöffnet und sah Susanne dabei zu, wie sie sich und mich fickte.

Meine Hände lagen auf ihren schönen Schenkeln und ich bemerkte, wie Susanne bei jeder Bewegung auf meinem Schwanz von einem lustvollen Zitter und kleinen Beben durchzuckt wurde.

Sie musste jetzt spüren, dass mein Schwanz nicht mehr lange mit dem Abspritzen warten konnte und es auch nicht wollte. Denn Susanne bewegte sich jetzt schneller.

Ich spürte, wie sich in mir der Samen sammelte und sagte leise zu Susanne:

„Jetzt! Jetzt kommt es!"

Und dann, als mein Schwanz den Samen in sie hineinschleuderte, stieß Susanne einen leisen und spitzen Schrei aus und warf sich schwer atmend und am gesamten Körper spürbar bebend, auf mich.

„Gib mir alles! Bitte alles!", bettelte sie leise flüsternd in mein Ohr.

Dann fickte mein Schwanz während einiger weiterer Stöße den Rest der Samenladung in sie hinein. Was Susanne mir mit einem zufriedenen Knurren dankte.

Wir lagen eine Weile so, Susanne auf mir und mein Schwanz, der allmählich kleiner wurde, in ihr, als sie mir in's Ohr flüsterte:

„So will jeden Morgen ficken! Mit dir!"

Ich sagte nichts und begann statt dessen, weitere Streicheleinheiten auf Susanne zu verteilen und bemerkte, wie mein Schwanz, der noch in ihr war, wieder größer wurde. Susanne begann nun ebenfalls, ihn mit ihrer Muskulatur zu massieren.

Wir rollten uns auf dem Bett soweit, dass ich anschließend auf Susanne lag, die dann sofort bettelnd sagte:

„Bitte einen Doppelfick! Jetzt!"

Ich stützte mich auf meine Arme und begann, meinen Schwanz langsam, sehr langsam, in Susanne zu bewegen. Nach mehreren langsamen Stößen schob ich ihr meinen Harten dann sehr schnell hinein. Was Susanne jedes Mal mit einem leisen Schrei beantwortete.

Sie hatte jetzt meine Handgelenke umfasst und so spürte ich, wie sie meinen Stößen gegen hielt.

Dann wurden meine Bewegungen allmählich schneller und Susanne umfasste die Knie ihrer angezogenen Beine.

Das war für mich das Zeichen, sie würde bald kommen. Und als sie begann mitzuficken, merkte ich, wie sich mein Samen sammelte und darauf wartete, nach nur noch wenigen kräftigen Stößen von meinem Schwanz in Susanne tief hinein gefickt zu werden.

Ich war noch immer auf meine Arme gestützt und spürte, wie Susannes Körper bebte, während sie jetzt kräftig mitfickte.

Dann schob sie mir ihr Becken entgegen, während sich genau in diesem Moment mein Samen in mehreren Schüben in sie ergoss, während Susanne zwei oder drei unterdrückte Schrei ausstieß und ich mein leises Stöhnen hörte...

Als ich nach einigen Sekunden wieder erwacht war, lag ich auf Susanne und meine

Hände hatten ihre Schenkel umfasst.

Ich rückte etwas zur Seite, um für Susanne nicht zu schwer zu sein und hielt mich dabei weiter an ihren Schenkeln fest.

Susanne hatte mich in ihre Arme genommen. So lagen wir eine Weile, bis mein inzwischen klein gewordener Schwanz aus ihr herausrutschte.

Ich stützte mich wieder auf meine Arme und betrachtete, wie so oft, die unter mir mit all' ihrer Pracht und Weiblichkeit liegende und frisch gefickte Susanne. Die flüsterte mir leise in mein Ohr:

„Das klappt ja immer besser mit dir und mir! Dann bekommen wir alles andere in unserem Leben auch geregelt!"

„Was klappt immer besser?", fragte ich.

„Das, wenn du mich und ich dich ficke!"

„Ja, sicher!", antwortete ich.

Susanne gab mir einen leichten Klaps auf den Po und meinte dann:

„Absteigen!"

Gehorsam erhob ich mich und gönnte mir noch, als abschließende Belohnung für meine beinahe hemmungslose Morgenfickerei einen weiteren Blick auf die Wonne von Weib neben mir.

Susanne hatte ein Bein ausgestreckt und das andere angewinkelt und etwas zur Seite gebeugt und überbrachte mir so zum Abschied eine Einladung für unsere nächste Fickerei.
Sicher am Vormittag am Strand...

Denn wir konnten, waren wir zusammen, nicht miteinander auskommen, ohne alle paar Stunden miteinander zu ficken.
Und wenn es der Quickie über'm Wannenrand war.
Oder der auf'm Küchentisch...

Bei den anderen Frauen vor Susanne hatte ich nach einiger Zeit der Bekanntschaft das Verlangen, 'mal zwei oder drei Tage ohne Fickerei leben zu wollen. Was ich auch oft genug sagte. Nicht so direkt. Aber der eine oder auch der andere Fick lag mir dann zuweilen schon 'mal quer im Magen...

Aber mit Susanne war das anders! Sehr viel anders!
Täglich, beinahe stündlich, hatte ich ein ausgeprägtes Verlangen nach ihr. Manchmal dachte ich, sexsüchtig zu sein.
Als ich mit Susanne darüber sprach, bestätigte sie mir ähnliches aus ihrer Gefühlswelt.

„Also doch nicht sexsüchtig!", stellte ich fest und Susanne meinte:

„Wohl kaum. Nur gierig und verlangend nach mir! Schlimm, wenn das nicht so wäre!"

„Stimmt!"

Und, um ehrlich zu sein, solch' ein Prachtexemplar von Weib wie Susanne es war, forderte heraus, regelmäßig gefickt zu werden. Das brauchten wir ohnehin nicht ausführlich zu besprechen, darüber waren wir uns bereits nach den ersten Begegnungen einig.

„Und außerdem", so stellte Susanne fest, „ist ficken gut für den Kreislauf. Wenn der ein- oder zwei Mal am Tag so richtig auf volle Leistung gebracht wird und das Herz 'was zu tun hat – das ist Sport!"

Damit war alles gesagt. Und Susanne und ich waren uns darüber einig, ficken ist gesund und tut gut. Und macht zudem noch Spaß.

„Und staubt nicht!", ergänzte Susanne abschließend unsere Überlegungen.

*

Der Strand war auch am Wochenende nahezu menschenleer.

„In der Vorsaison, also jetzt, sind hier immer

nur sehr wenige Leute gewesen. Hauptsächlich solche im fortgeschrittenen Alter!", sagte Susanne.

Und ergänzte nach wenigen Augenblicken:

„Später dann, während der Sommerferien, sind mehr Besucher hier. War schon immer so!"

So hemmungslos wie zu Hause oder in Susannes Haus am Strand konnten wir am Strand nicht miteinander ficken. Allerdings, hinter dem Sandwall, den wir uns als Wind- und Sichtschutz geschaffen hatten, erlebten wir die durchaus beachtenswerten Vorzüge verhaltener Fickerei. Weil man nicht so aus sich herausgehen, hemmungsloser sein konnte, war alles etwas ruhiger.

Das erhöhte den Genuss und das Verlangen.

Und immer dann, wenn ich Susanne meinen Samen tief hineinspritzte, öffnete sie den Mund zu einem nahezu lautlosen Schrei.

Manchmal fasste sie auch im Moment des Abspritzens an meine Eier. Sehr sanft und vorsichtig. Und manchmal umfasste sie auch meinen Schwanz und sagte dann leise in mein Ohr:

„Ich fühle, wie er pumpt!"

Danach lagen wir nebeneinander auf der Decke im warmen Sand.

Wenn dann Susanne auch manchmal meinen Schwanz in die Hand genommen hatte, wurde der nicht klein, sondern verhielt in einer verhaltenen Lauerstellung.

Oder wir gingen am Strand spazieren.

Oder badeten in der noch immer kalten See. Hier allerdings zog sich mein Schwanz soweit zurück, wie es nur irgendwie möglich war und hing als bedauernswertes Etwas an mir herunter.

Worauf Susanne mir zu erklären versuchte, das kaum zu ahnen war, was für ein schöner und großer Schwanz das werden konnte.

„Ist alles nur von Pflege und Zuneigung und Aufmerksamkeit abhängig!", ergänzte sie und grinste mich dabei an.

Später, wenn wir wieder auf unseren Handtüchern lagen, nahm sie oft meinen Schwanz in die Hand. Der hatte dann bald die 'Ausgangsgröße in Lauerstellung' erreicht.

So verbrachten Susanne und ich die Tage am Meer. Was, nebenbei bemerkt, sehr erholsam sein kann: Am Strand liegen, ab und zu ficken und ansonsten das Nichtstun genießen. Allerdings, mehr als drei oder vier Tage wollte ich mein Leben so nicht verbringen!

*

Ich hatte selbstverständlich längst bemerkt, dass Susannes Haus am Strand eine Renovierung dringend nötig hatte.
Bei einer passenden Gelegenheit meinte ich zu Susanne:

„Es ist ja nun, jedenfalls meinerseits, eine beschlossene Sache, dass ich meine mir verbleibenden Tage mit dir verbringen möchte. Und das wird eine lange Zeit...“

„Was kommt denn jetzt?“, Susanne sah mich fragend an.

„Und das Haus am Strand ist der nahezu ideale Rückzugsort, wenn die Stadt verlassen werden soll und muss!“

„Stimmt!“

„Deshalb meine ich, wir sollten in diesem Jahr beginnen, wann immer es möglich ist, mit der Renovierung dieses Kleinods beginnen. Fenster und Türen streichen, hier 'was reparieren, dort 'was ersetzen...“

Susanne sah mich an, dann ihr Haus und meinte dann:

„Das würdest du machen?“

„Wir sollten das tun! Jedes Mal, wenn wir hier sind ein bisschen. Dann wird es nie zu viel und wir haben auch für uns Zeit. Und im Herbst ist dann viel geschaffen! Du weißt: Wehret den

Anfängen!"

Susanne sah mich erneut an und kam dann sehr nahe an mich heran, nahm meinen Kopf zwischen ihre Hände und sagte:

„Dich lasse ich nicht wieder gehen!"

„Wirklich?"

„Meinst du, ich erzähle dir das Blaue vom Himmel?"

„Nein, nein!"

*

Somit war die Erhaltung des Haus am Strand beschlossen. Um es zu bewahren.

An beinahe jedem der folgenden Sommerwochenenden waren wir nun dort. Ich hatte das Notwendige in eine Kiste gepackt und mitgenommen.

Frauen, so wusste ich es, hatten außer einem abgebrochenen Schraubenzieher und einem wackligen Hammer meistens kein weiteres Werkzeug. Vielleicht noch eine defekte Zange.

Anders war es auch bei Susanne nicht.

Bald waren wir im örtlichen Baumarkt Stammkunden. Ebenso in der Fischkneipe am Hafen.

Am Vormittag arbeiteten wir am Haus, am Nachmittag gingen wir an den Strand und wenn wir nachts nicht miteinander fickten, dann lagen wir beieinander und blickten zu den Sternen am Himmel oder schliefen eng umschlungen.

Im August, dann als ein vorläufiges Ende unserer Arbeit bevorstand, sagte Susanne:

„Hierher fahren nur wir beide. Ich brauche hier keine anderen Leute. Wenn meine Mutter und mein Vater kommen wollen, ist das in Ordnung! Oder?"

„Ja! Sicher! Warum nicht?", entgegnete ich, „Sind doch sicher nette Leute?"

„Ja, ja! Aber Freunde und Kollegen und Bekannte, wer immer das sein mag, will ich hier nicht haben. Auch dann nicht, wenn ebenfalls nette Leute dabei sein sollten!"

*

An diesem letzten Wochenende im August wollten wir am Montag zurück fahren.

Als ich am Vormittag mein Werkzeug einpackte, kam Susanne und sagte:

„Ich habe im Büro angerufen! Wir fahren meinetwegen heute nicht. Erst morgen. Das ist dir doch recht so?"

„Gerne! Auf mich wartet keiner!"

„Stimmt!", antwortete Susanne, „Du hast keinen Chef und ich bin bei dir!"

„Und darauf bin ich sehr stolz und froh dazu!", antwortete ich.

„Das hatten wir schon 'mal besprochen!",
antwortete Susanne und blickte durch die offene
Tür zum Strand.

„Ja!"

„Bevor der Sturm aufzieht, sollten wir zum
Abschied noch 'mal an den Strand gehen!"

„Gerne! Und am Abend gehen wir in die
Fischkneipe!"

Am Nachmittag gingen wir den Strand
entlang bis zum Zipfel der Halbinsel und fuhren
dann mit dem Bus zurück. Wir wollten das Haus
am Strand bei Tageslicht erreichen.

„Eine solche Strandwanderung habe ich das
letzte Mal – äh, lass mich nachdenken...",
Susanne blickte mich fragend an und streifte den
Pullover über den Kopf. Unter ihrem Hemd
ahnte ich jetzt mehr, als ich sehen konnte.
Nämlich ihre gut geformten und straffen Brüste.

Ich muss wohl einen Moment zu lange geschaut
haben, denn Susanne sagte:

„Wir wollen Fisch essen gehen. Danach, und
erst danach, werden wir unseren
Sommerabschlussfick hier im Haus veranstalten!
Und übrigens, das letzte Mal war ich mit
meinem Papa am Haken der Halbinsel. Das
muss wohl unser letzter gemeinsamer Urlaub

hier gewesen sein!"

„Also im vorigen Jahrtausend?"

„So war's!"

*

In der Kneipe dudelte hinter dem Tresen ein Radio und verkündete nach den Meldungen eine Sturmwarnung. Eigentlich war es eine Vorwarnung. Der Sturm wurde zum Wochenende erwartet. Vielleicht auch schon einen Tag eher.

Wir bestellten, wie immer in diesem Haus, Dorschvariationen für zwei Personen. Und dazu Weißwein. Zwei Gläser und eine Flasche Weißwein.

Der Wein war, wie immer und daher beinahe gewohnt, etwas zu kühl. Passte aber dennoch auf den Punkt zum Fisch.

Dann fragte mich Susanne:

„Wollen wir 'mal im Winter hier einige Tage sein?"

„Gerne!"

„Dann müssten wir aber alles, wirklich alles, mitnehmen!"

„Warum nicht?", fragte ich und füllte die Gläser mit dem goldgelb funkelnden Wein.

„Vielleicht nach Weihnachten!", antwortete

Susanne und prostete mir zu, „Danke für deine Hilfe. Und dafür, dass du bei mir bist!"

Ich sagte kein Wort und hob mein Glas, um unsere Gläser klingen zu lassen.

*

Nur sehr selten habe ich mich in der Nähe eines anderen Menschen so sehr wohl und geborgen gefühlt, wie bei Susanne.

Und ich meine, Susanne hatte ähnliche, wenn nicht sogar gleiche, Empfindungen.

*

Um von der Fischkneipe am Hafen zum Strandhaus zu gelangen, konnte man zwischen zwei Wegen wählen.

Entweder durch das Süderende gehen oder am Strand entlang.

Wir gingen zum Strand, vorbei an zwei Möwen, die sehr aufgeregt unser Kommen in die Nacht krächzten. Susanne hatte meine Hand genommen und am Starnd meinte sie:

„Wer weiß, wann wir wieder so nach Hause gehen werden!"

„Willst du mir noch mehr sagen?", fragte ich.

„Nein! Aber manchmal, so befürchte ich, will jemand nicht, dass es uns, also dir und mir, so gut geht!"

Susanne blieb stehen, sah mich an und sagte leise:

„Ich will bei dir sein!"

Ich sagte nichts, manchmal ist es gut, keine Antwort zu geben. Dann nahm ich Susanne in den Arm und wir gingen schweigend durch die Nacht zum Haus am Strand.

*

Wir hatten unser Bett so in den kleinen Raum gestellt, dass wir den Strand sehen konnten.

Es war wohl einer der ersten Abende, an dem wir nicht miteinander fickten, bevor wir einschliefen. Wir lagen nebeneinander und Susanne hatte einen ihrer schönen und kräftigen Schenkel auf mich gelegt. Den hielt ich mit der Hand fest und Susanne sich an meinem Schwanz.

So schliefen wir ein und erst später, in der Nacht, begann Susanne, meinen Schwanz zu massieren. Der war sofort hellwach und reagierte auf die sanften Berührungen.

„Bleib' so liegen und sag' nichts!", flüsterte Susanne mir zu.

Ich tat, was sie sagte, legte mich auf den Rücken und entspannte mich.

Susanne setzte sich auf meine Beine, nahm meinen Schwanz zwischen beide Hände und begann, ihn zu massieren und zu wichsen. Manchmal ließ sie etwas Spucke auf die Schwanzspitze tropfen.

Jedes Mal, wenn ihre Hände vorsichtig über die Rille an meinem Schwanz glitten, spürte ich ein wohliges Gefühl.

Susanne wichste meinen Schwanz, ohne schneller zu werden.

Ich spürte, bald müsste mein Samen beginnen, sich zu sammeln. Das hatte sie ebenfalls bemerkt, sie fühlte meinen Sack und meinte:

„Schon ganz schön hart. Ist wohl gleich soweit!"

„Ja!", antwortete ich wahrheitsgemäß.

Susanne hatte sich jetzt so neben mich gelegt, dass sie mit ihren Lippen den Schwanz umschlossen hatte und mit der Zunge meine Schwanzspitze berühren und streicheln konnte. Mit einer Hand massierte sie vorsichtig meine Eier und mit der anderen hielt sie den Schwanz zwischen ihren Lippen.

„Eigentlich wollte ich dich ficken und nicht in's Leere abspritzen!", sagte ich leise.

„Das wirst du auch nicht tun!"

Ich spürte, wie mein Schwanz noch steifer wurde während Susanne ihn mit ihren Lippen und ihrer Zunge weiter massierte und dabei mit der Hand meine Eier streichelte.
Bald würde ich abspritzen.

Jetzt begann ich, mit dem Mittelfinger der einen Hand ihre Spalte zu streicheln und ihren Eingang zu suchen.

Als ich den gefunden hatte, schob ich den Finger langsam hinein. Was Susanne zu einem unterdrückten Stöhnen veranlasste.

Langsam begann ich, meinen Finger in ihr zu bewegen und bemühte mich, den gleichen Rhythmus zu finden, wie Susanne mit meinem Schwanz.

Mein Samen sammelte sich und ich wusste, nur noch wenige Bewegungen von Susanne an meinem Schwanz und ich würde abspritzen.

Das hatte Susanne ebenfalls bemerkt und sagte leise zu mir:

„Ich zeige dir 'mal 'was!"

Sie setzte sich auf meine Beine, hielt mit der einen Hand meinen Schwanz umfasst und begann, ihn kräftig zu wichsen.

Ich bemerkte, der Zeitpunkt zum Abspritzen war gleich gekommen.

Dann, genau als sich der Samen aus mir löste, hatte Susanne mit dem Wichsen aufgehört und hielt meinen Schwanz mit der seidenmatt glänzenden Spitze senkrecht in die Höhe.

Mit einem Finger der anderen Hand drückte sie auf eine Stelle unterhalb vom Sack und deshalb kam mein Samen kam nicht aus dem Schwanz gespritzt.

Trotzdem war ich von Druck befreit, als ich sagte:

„Du hast ihn abgequetscht!"

Das nennt man, meine ich, den sächsischen Griff. Der Samen ist jetzt in deiner Blase!", erklärte mir Susanne und legte sich neben mich.

„Und du?", fragte ich.

„Es ist noch nicht am Morgen!", Susanne zog die Bettdecke über uns, legte einen Schenkel auf mich und nahm meinen inzwischen geschrumpften Schwanz in die Hand.

So schliefen wir ein.

Als ich einige Stunden später aufwachte, hatte das Morgenrot den Himmel bedeckt.

Mir war kalt, sehr kalt. Denn Susanne hatte sich in ihre Bettdecke eingerollt und meine Zudecke als Schlummerrolle vor sich gelegt. Die hielt sie fest, als ich versuchte, mich damit zu bedecken.

Um eine andere Decke zu holen, stand ich auf. Ich wollte Susanne nicht wecken. Wie bekannt, respektierte ich den Schlaf anderer Menschen. Und den von Susanne in besonderer Weise.

Ich sah zum Strand und dann öffnete ich das Fenster. Obwohl mir noch immer sehr kalt war. Aber, so meinte ich, das musste so sein.

Dabei bemerkte ich nicht, dass Susanne sich hinter mich gestellt hatte. Jetzt spürte ich sie, als sie mich umfasste und leise sagte:

„Ich will bei dir sein!"

Wie lange wir so gestanden hatten, waren es nur einige Augenblicke oder mehrere Minuten, kann ich nicht sagen.

Ich weiß nur, Susanne hatte ihren Kopf an meinen Rücken gelehnt und mit beiden Händen meinen Schwanz umfasst.
Nach einer Weile begann sie, den zu massieren und flüsterte mir leise zu:

„Ich will von dir in den Morgen gefickt

werden! Hier und jetzt! Bitte!"

Susanne stand noch immer hinter mir und streichelte und massierte meinen Schwanz. Der hatte inzwischen eine beachtliche Größe erreicht und als Susanne die Spitze freilegte, konnte ich einen leisen Seufzer nicht unterdrücken.

Jetzt drehte ich mich um und dann suchten meine Finger Susannes Spalte zwischen ihren Schenkeln. Ihre Beine hatte sie ein wenig auseinander gestellt. Wohl auch, um meine Suche zu erleichtern.

Dann fühlte ich die warme Feuchte und begann, ihre Spalte und die Knospe zu streicheln.

Susanne stellte sich auf die Zehenspitzen und als meine Finger vor ihrer Öffnung war, stellte sie sich wieder auf die Füße.
Und in diesem Moment war mein Finger tief in sie hinein geglitten.

Susanne stöhnte leise auf und flüsterte mir zu:

„Bitte, mach so weiter!", dabei streichelte und massierte sie weiter meinen Schwanz.
Ich bewegte meinen Finger im gleichen Rhythmus.
Susanne begann, sich langsam zu bewegen und war darauf bedacht, dass mein Finger in ihr blieb.

Dann schloss ich das Fenster und und schob Susanne langsam zum Bett. Sie setzte sich auf die Kante, während ich vor ihr stand.

Sie nahm meinen steifen Schwanz in eine Hand und begann, ihn mit den Lippen zu umschließen.

Die Schwanzspitze war noch immer freigelegt und wurde nun von ihr mit den Lippen und der Zunge geküsst und gestreichelt.

Nach einigen Augenblicken legte sich Susanne auf das Bett und sah mich an und sagte:

„Jetzt, bitte, ficken!"

Sie hatte ihre schönen Schenkel weit auseinander gelegt und etwas angezogen.

Ich kam über Susanne und stützte mich auf. Dann umfasste Susanne mit beiden Händen meinen steifen Schwanz und führte ihn zu ihrer Spalte und rieb mit ihm ihre Knospe.

Als ich ihr den dann Schwanz, langsam und erst bis zur Hälfte hineinschob, stöhnte sie laut auf und zog ihre Beine weiter hoch.

Jetzt schob ich meinen Schwanz so tief es ging in sie hinein,

Mit kräftigen Stößen begann ich, sie zu ficken. In den Morgen zu ficken. So, wie Susanne es bestellt hatte.

Bald merkte ich, wieder sammelte sich mein Samen.

Susanne hatte jetzt mit den Händen ihre Knie umfasst und fickte mit. Sie bettelte:

„Gib mir deinen Samen! Jetzt tief hinein spritzen! Bitte!"

Ich merkte, jetzt waren es nur noch wenige kräftige Stöße dazu erforderlich und dann hörte ich mich leise rufen:

„Jetzt kommt er!"

Und in drei oder vier Schüben ergoss sich mein Samen tief in Susanne, die mich in diesem Moment fest umschlungen hielt.

Wieder war es eine dieser Fickereien mit Susanne, als ich nach dem Abspritzen auf sie sackte und mit vermindertem Bewusstsein einige Augenblicke auf ihr lag.

Dann hörte ich Susanne leise in mein Ohr fragen:

„War ich laut?"

„Wen stört das, wenn's so gewesen ist?"

„Vielleicht findest du das nicht so schön?"

„Nee, nee! Das ist in Ordnung! Oder willst du in Zukunft wie ein Brett liegen, dazu stumm wie ein Fisch und mich anstarren?", fragte ich.

„Es soll Männer geben, die das Laute der Frau abtörnt!"

„Ja wirklich?", fragte ich und legte meinen Oberkörper neben Susanne. Ich wollte nicht zu schwer für sie sein.

„Hab' ich so gehört. Und mir hat auch schon einer deiner Vorgänger den Mund zugehalten!"

„Wohl auf'm Zeltplatz?", fragte ich.

„Nee, in irgendeinem Hotel. Früher, als ich manchmal am Wochenende 'mal in die eine und 'mal in die andere Stadt gefahren bin. Aber wo das war – ich hab's vergessen!"

Darauf antwortete ich nicht. Unser jeweiliges Vorleben war nahezu tabu.

Susanne legte die Bettdecke über uns. Wobei sie bemüht war, sich nur wenig zu bewegen. Mein Schwanz sollte so lange wie möglich in ihr bleiben.

„Sonst ist da so leer in mir. Zumindest die ersten Augenblicke.", hatte sie mir 'mal gesagt.

Ich fand das auch angenehm. Zu spüren, wie der Schwanz in Susanne kleiner wurde.

Nach dem Ficken hatte ich, wie immer, meine Hände auf ihre schönen und kräftigen Schenkel gelegt.
Zugleich bemerkte ich, wie die Müdigkeit über mich kam.

Als ich neben mir Susannes leises Säuseln und regelmäßiges Atmen hörte, nahm auch mich der Schlaf in seine Arme.

*

Als wir aufwachten, war es am frühen Vormittag. Ich meinte, es war so etwa um halb neun.

Susanne hatte sich an mich gekuschelt und mit der einen Hand umfasste sie mich und auf einem Oberarm lag ihr Kopf. Sie blinzelte mich an und sagte leise:

„Ich könnte noch lange so mit dir liegen. Wann fahren wir wieder hierher?"

„Es muss noch alles winterfest gemacht werden!"

„Im nächsten Jahr sollten wir über'n Sommer hier sein. Man kann auch von hier arbeiten. Wozu gibt es das Netz?"

„Stimmt!", bestätigte ich..

Dann rutschte ihre Hand an mir herunter, sie umfasste meinen Schwanz und meinte:

„Noch eine halbe Stunde so liegen!"

Aus dieser halben Stunde wurde die Zeit bis zum frühen Mittag. Ich war erneut eingeschlafen und als ich erwachte, stand Susanne am geöffneten Fenster. Sie hatte ihre Bettdecke um sich gelegt und blickte durch den Regen zum Strand. Als sie mich bemerkt hatte, sagte sie:

„Der rote Morgen hat's angekündigt!"

„Was?", fragte ich.

„Das uns heute Regen beschert wird. Morgenrot ist Schlechtwetter Bot'! Du kennst den Spruch?"

„Nein!", antwortete ich wahrheitsgemäß.

„Bestimmt wird der Radiomann gestern in der Kneipe recht behalten. Es wird Sturm geben und der Regen ist der Vorbote!"

„Du kennst das Wetter hier?". Fragte ich.

„Ein wenig!"

Jetzt blickte sie wieder durch den Regen hinüber zum Strand. Dorthin, wo es im Sommer so schön war. Ich legte mir meine Bettdecke über die Schultern und stellte mich neben Susanne.

Susanne fragte mich nach einigen Augenblicken:

„Oder wollen wir heute schon nach Hause fahren? Dann müssten wir bald los!"

„Weiß nicht. Was meinst du?"

„Fahren wir zu mir oder bleiben wir bei dir?", fragte Susanne, „In jedem Fall sollten wir unterwegs 'was für Abendessen und Frühstück kaufen. Und der Regen wird bis zum Abend nicht weniger werden!"

Ich legte meinen Arm auf Susannes Schulter und spürte wieder diese Vertrautheit, die mich in ihrer Nähe erfüllte. So, wie lange nicht erlebt.

„War schön hier. Vor allem mit dir!", sagte Susanne und kuschelte sich an mich.

„Dann lass uns jetzt fahren! Kurz duschen, jeder alleine. Und dann los! Beim Bäcker gibt's belegte Brötchen und Kaffee und Milch! Los geht's!", Susanne warf ihre Bettdecke auf das zerwühlte Bett und stürmte in das Badezimmer, eher war's eine Duschecke mit WC.

Ich begann, das Bett zu ordnen. Und plötzlich fragte mich Susanne, dabei die Badezimmertür leicht geöffnet haltend:

„Haben wir eigentlich unter dieser Dusche schon 'mal miteinander gefickt?"

„Weiß nicht! Jedenfalls kann ich mich nicht daran erinnern!", antwortete ich.

„Du weißt nun, was beim nächsten Mal erledigt werden muss! Heute nicht mehr, wir wollen los!"

Als das Bett geordnet und sortiert war, kam Susanne aus der Dusche und meinte:

„So'n selbstständig im Haushalt arbeitender Mann schafft beiden Zeit für wichtige Dinge!"

Dann klappte die Badtür hinter mir in's Schloss.

Es ist eine bekannte Tatsache, dass ich gern, sehr gern, bade und dusche. Jedoch, an diesem Morgen im Haus am Strand verzichtete ich auf längere Wasserspiele.

Also war Susanne sehr erstaunt, als ich bald wieder vor ihr stand und unsere Abreise während der nächsten zehn Minuten ankündigte.

„Das habe ich nicht erwartet!", war ihre ehrliche Antwort.

Gemeinsam verstauten wir unser Gepäck im Auto und dann fuhr Susanne uns zum Bäcker.

Nach dem Frühstück mit belegten Brötchen, Kaffee und für mich kalte Milch, legte Susanne einen Brief in den Kasten der Familie, die während unserer Abwesenheit das Haus betreute. Sie teilte unsere Abreise mit und sagte:

„Die passen auf, solange wir nicht da sind. Das hat schon ihre Mutter getan. Absolut zuverlässige und loyale Leute!"

„Und wenn wir da sind, wird auf uns aufgepasst?", fragte ich.

„Das weiß ich nicht! Kann sein. Kann nicht sein. Ich habe noch nie irgendwelche Quatschereien und Tratschereien gehört! Wirklich noch nie!"

„Und außerdem", sagte ich, „ ist es auch nicht erwähnenswert, wenn du dir deine akustischen Freiräume nimmst. Etwa beim ficken!"

„Bin ich wirklich so laut?", Susanne blickte mich fragend an.

„Nein, keine Sorge! Nicht lauter als..."

„Als andere Weiber und Bettmäuschen!", Susanne war mir in's Wort gefallen.

„Das wollte ich nicht sagen..."

„Was dann?"

„Nicht lauter, als es sich für einen guten Fick gehört. Und nur, der zum Beispiel unter'm Fenster hockt, würde unsere Fickgeräusche hören!"

„Wirklich?"

„Ehrlich!"

„Dann bin ich beruhigt. Und wir können so, wie gewohnt, weiter machen!"

„Ja! Und zwar bei mir! Ich werde dein Auto morgen zu dir bringen!"

„Gut so!"

*

Es war, ohne Absprache so, dass Susanne uns stets und immer zur See und nach Hause chauffierte. Mir war's recht. Sie fuhr ohnehin leidenschaftlich gern und gut und sicher Auto. So auch an diesem Tag, als wir am Nachmittag vor meinem Haus ankamen.

Erst kurz vor der Stadt, wenige Kilometer vor der Autobahnabfahrt, ersetzten Nebelschwaden und tief ziehende Wolken den Regen. Der hatte uns seit der Abfahrt vom Haus am Strand begleitet.

Wirsprachen nur wenige Worte miteinander. Jeder war mit seinen Gedanken beschäftigt und Susanne zudem mit dem Autofahren.

Dann, als der Regen aufgehört hatte, sagte sie:

„Na bitte, geht doch!"

Ich bestätigte ihre Bemerkung mit knappen und gestammelten Worten. Jedenfalls signalisierte ich Zustimmung.

Dann saßen wir wieder stumm nebeneinander und auf einmal, kurz vor der Abfahrt von der Autobahn, sagte Susanne:

„So war es früher auch. Ich meine, damals, als ich noch mit meiner Mutter und meinem Vater zum Strand gefahren bin. Immer dann, wenn wir den Sommer am Meer erlebt hatten und danach nach Hause reisten!"

Ich konnte dazu nichts sagen. Ähnliche oder gleiche Erlebnisse hatte ich nicht. Somit antwortete ich nur knapp:

„Hm!"

*

Susanne stellte den Motor ab und zog mit einem ratschenden Geräusch die Handbremse an. Dann meinte sie:

„Bitte, der Herr!"

„Danke, meine Liebe!"

Wir nahmen unsere Taschen und gingen in mein Wohnatelier. Später, vielleicht erst am anderen Tag, wollte ich die anderen Sachen und mein Werkzeug ausladen.

Es ist ein nur ungenau zu beschreibendes Gefühl, was mich immer dann für sich einnimmt, wenn ich nach Tagen oder Wochen der Abwesenheit mein Zuhause wieder erreiche. Alles ist vertraut und dennoch fremd.

Zunächst öffnete ich die Fenster, alle Fenster, um die abgestandene Luft aus den Räumen zu entlassen und statt dessen klare Kühle einzulassen.

„Schön, dass du heute bei mir bist!", sagte ich zu Susanne.

Die blickte mich an und erwiderte:

„Was hältst du davon, wenn wir heute 'mal ausnahmslos nicht miteinander ficken?"

„Das ist doch wohl nicht dein Ernst?", fragte ich.

„Doch!", antwortete Susanne und grinste mich an.

Ich wusste nicht, was ich von dieser Frage halten sollte.

Um nichts Falsches zu sagen, antwortete ich

nicht und meinte statt dessen:

„Wir sollten trotzdem 'was essen gehen!"

„Ja! Aber keinen Fisch! Der war gestern Abend zu gut!"

„Stimmt!"

*

Nach längerem Suchen und Bemühen fanden wir in dem Straßencafé drei Querstraßen weiter an einem kleinen Tisch unsere Plätze.

Wir saßen draußen. Vor dem Café. Das war sehr angenehm. In dem kleinen Raum war es laut und die Luft zum Schneiden stickig. Die Schwüle der vergangenen Tage war aus den Häusern noch nicht entwichen.

Ich bat die junge Frau vom Service um zwei Portionen der Salatvariationen und eine Flasche Weißwein:

„Gut gekühlt! Bitte!"

„Selbstverständlich!"

Schon seitdem wir in der Stadt angekommen waren, hatte ich den Eindruck, Susanne ginge es nicht gut. Sie war nicht krank, kränkelte ebenfalls nicht.

Aber, so mein Eindruck, irgendetwas bedrückte sie. Vielleicht wollte sie allein sein. Nach den Tagen, die wir gemeinsam im Haus am Strand verlebt hatten.

Man sollte in einer Beziehung, egal, wie die arrangiert war, für sich freie Zeit beanspruchen. Und auch nehmen.

Andererseits war ich der Meinung, Susanne war von Vorfreude erfüllt. Vorfreude auf ihr Zuhause über den Dächern der Stadt im Haus am Park.

Ich fragte Susanne nicht nach ihrem Befinden. Möglich war, dass ich dann in ihr Erinnerungen an irgendetwas weckte. An etwas, was mich nichts anging. Oder alles ist in Ordnung und Susanne spürte Leere in sich. Vielleicht deshalb, weil unsere erste längere gemeinsam verbrachte Zeit vor dem Abschluss war.

Als die Salate gebracht wurden, machten wir auf dem Tisch Platz. Dabei berührten sich unsere Hände. Und ich war verwundert darüber, wie kalt Susannes Hand war. So sehr kalt.

Gut, Frauen frieren öfter als Männer. Aber Susannes Hand war beinahe eisig.

Aber auch dazu sagte ich nichts und fragte nur:

„Ist dir kalt?"

„Ein wenig!"

„Nimm meine Jacke!", ich stand auf und legte Susanne meine Strickjacke auf die Schultern. Was sie mir mit einem dankbaren Blick belohnte.

Dann aßen wir und tranken den Wein. Der war genau auf's Grad richtig temperiert.

Susanne trank sehr schnell. Vielleicht wollte sie gehen. Wir sprachen wenig.

Und als sich unter dem Tisch zufällig unsere Füße trafen, stellte Susanne ihren auf meinen.

Bald ging ich zu der für unseren Tisch zuständigen jungen Frau. Ich bezahlte und als ich zu Susanne zurück kam, stand sie bereits am Tisch und wartete auf mich.

Ich nahm sie in den Arm und wir gingen durch die Spätsommernacht in mein Wohnatelier.

*

Ich hatte mir vorgenommen, Susannes bereits angekündigte Festlegung, heute wird nicht gefickt, zu respektieren.

Und um keine Versuchung zu schüren, richtete ich ein zweites Bett ein.

Als Susanne das bemerkte, kam sie zu mir und forderte mich auf:

„Lass' das sofort sein!"

„Warum? Du wolltest das so!", erwiderte ich.

„Das doch nicht Ernst gemeint! Ich habe mich so sehr an dich gewöhnt!", Susanne blickte mich ein wenig entsetzt an und war fest entschlossen, diesen sich abzeichnenden

Zustand nicht zu dulden: Sie begann, das zweite Bett wieder abzubauen und meinte:

„Egal, wer hier heute schlafen sollte!"
Sie legte das Bettzeug neben die andere Schlafstatt, blickte mich an und legte fest:

„Wir können noch festlegen, wer links und wer rechts liegt. Aber daran, dass wir zusammen hier nächtigen, gibt's für mich keinen Zweifel. Oder?"

Nun hätte nur noch gefehlt, Susanne hätte anderenfalls mit sofortiger Abreise gedroht. Das wollte ich nicht provozieren! Statt dessen sagte ich:

„Und so soll es sein!"

„Dann sind wir uns ja einig! Neue Marotten einführen wollen!", Susanne blickte mich wieder so sehr anders an, als ich es von ihr gewohnt war und sagte:

„Ich gehe, um den Schmutz des Tages von mir abzuwaschen!"

Ich wusste, in dieser Nacht würden wir erneut gut und lange, auch zwei- oder dreimal, miteinander ficken. Schließlich waren es noch vier Tage bis zum Wochenende, an dem wir dann wieder gemeinsam miteinander lebten.

Bis dahin würde jeder ohne den anderen leben und an seinen Aufgaben und Projekten arbeiten.

Aus dem Badezimmer hörte ich das Wasser aus der Dusche strömen. Ich konnte nur schwer der Versuchung widerstehen, gemeinsam mit Susanne unter der Dusche zu sein. Ohne mich anzukündigen.

Ich wusste, wir würden dann das erste Mal an diesem Abend ficken.

Während der Zeit unseres Beieinander, seit Anfang März, hatten sich bereits einige Gewohnheiten in unserem Leben eingenistet.
Unter anderem, dass Susanne stets zuerst unter die Dusche ging. Von Ausnahmen abgesehen...

So auch an diesem Abend nach unserer Rückkehr vom Strand und vom Meer.
Und so kam es, dass Susanne im Bad war, während ich in meiner Atelierwohnung noch in dieser Ecke kramte und in jener etwas suchte.

Dann bedeutete mir Susanne, das Bad wäre jetzt frei und ich wusste, sie hatte sich die Büchse mit der Olivencreme mitgenommen.

Ich drehte solange an der Mischbatterie, bis die für mich richtige Wassertemperatur geregelt war.

Bevor ich mich einseifte, genoss ich das Wasser auf meiner Haut. Die Spitze meines Schwanzes, ihn bedachte ich, wir wissen das, mit besonderer Aufmerksamkeit, hatte ich freigelegt. Ich mochte das, fand das zuweilen erregend, wenn die feinen Wasserstrahlen auf meinen Schwanz und seine Spitze prasselten.

Ich begann, mich einzuseifen und musste mich gedanklich sehr ablenken, um jetzt nicht die erste Latte an diesem Abend zu bekommen. Das gelang mir dann auch einigermaßen und nach dem Zähneputzen hatte sich mein Schwanz wieder einigermaßen beruhigt. Ich wollte nicht mit meinem steifen Schwanz zu Susanne kommen. Vielleicht dachte sie, ich hätte ihn schon 'mal unter der Dusche erleichtert.

Allerdings war mir das keinesfalls unbekannt. Im Gegenteil! Fast immer dann, wenn ich allein war, wichste ich unter der Dusche.

Aber einem ungeschriebenen Gesetz folgend dann nicht, wenn Susanne und ich gleich miteinander ficken würden. Da hatte sie ausnahmslos das Vorrecht, meinen Samen zu bekommen. Und den nicht in den Ablauf der Dusche platschen zu lassen.

„Das wäre Sünde!", hatte mir Susanne anlässlich eines Gedankenaustausches zu diesem Thema erklärt.

Dem konnte ich nur zustimmen.

Und, außerdem hatte Susanne ein nahezu untrügliches Empfinden dafür, ob ich vor dem Ficken unter der Dusche gewichst hatte.

„Dein Schwanz ist dann nicht so steif. So, wie beim zweiten Mal eines Doppelfick. Außerdem dauert es länger, bis du kommst. Und weniger Samen ist es ebenfalls!", hatte Susanne festgestellt.

Selbstverständlich bereitwillig und auf Nachfrage.

Und wenn Susanne das so ausdrücklich sagte und nahezu detailliert erklärte, dann musste das ohne Wenn und Aber als zutreffend gelten. Schließlich hatte sie mit mir nicht zum ersten Mal Sex in ihrem Leben. Zwischen der Begegnung damals, mit dem Deflorateur, und mir waren einige, wenn auch nicht unzählige, Schwänze bei ihr zu Besuch gewesen. Aber darüber hatten wir Stillschweigen vereinbart. Wie bekannt...

Also reinigte ich meinen Schwanz und mich gründlich. Denn ich wusste, ein sauberer und etwas praller Schwanz, er durfte nicht steif sein und musste noch herunter hängen, war für Susanne stets eine große Freude. Und so sagte sie, als ich zu ihr kam:

„Da seid ihr ja!"

Sie stand auf und stellte sich sehr nahe vor mich. Dann nahm sie meinen Schwanz in ihre kleinen und festen Hände. Sie fühlte meinen Sack und meine Eier und stellte fest:

„Ist noch alles 'drin!"

„Woran merkst du das?"

„Erfahrung, mein Lieber! Erfahrung!"

Dem konnte ich nicht widersprechen Und wollte es auch nicht. Statt dessen genoss ich die Aufmerksamkeiten, die Susanne mir zukommen ließ.

Mal nahm sie meinen Schwanz in die Hand und streichelte mit der anderen den Sack und die Eier.

Dann rieb sie mit der Handfläche vorsichtig die Unterseite der halb freien Schwanzspitze.

Mir wollte es erscheinen, als kannte Susanne unzählige Möglichkeiten, um ihre Aufmerksamkeiten zu verteilen.

Susanne hockte sich vor mich und legte die Schwanzspitze vollkommen frei. Ich blickte dabei zu und sah meinen steifen Schwanz und seine matt glänzende Spitze.

Jetzt umschloss sie mit ihren Lippen den Schwanz und begann, nachdem sie eine Hand auf meinen Po gelegt hatte, mit langsamen Bewegungen.

Nach wenigen Augenblicken meinte ich, mein Samen müsste in wenigen Momenten in Susannes Mund gespritzt werden.

„Ich glaub', gleich komme ich!", sagte ich zu Susanne.

„Du kommst noch lange nicht! Erst dann, wenn ich das will, dann drückst du ab!"

Daran hatte ich keinen Zweifel. Notfalls würde Susanne meinen Samen erneut umleiten, weil sie im richtigen Moment auf eine Stelle unter meinem Sack drückte.

Jetzt hatte sie meinen Schwanz zwischen beide Hände genommen und begann, ihn zu wichsen.

Susanne drückte mich zum Bett und als ich die Kante in meinen Kniebeugen spürte, ließ ich mich vorsichtig auf den Rücken fallen. Sie drückte meine Beine etwas auseinander und meinte:

„Wir wollen doch überall 'rankommen!"

Dann ging sie zwischen meinen Beinen auf die Knie und wichste meinen Schwanz weiter. Ab und zu ließ sie etwas Spucke auf meine Schwanzspitze fallen und verteilte die mit ihrer Zunge.

Ich lag auf dem Rücken, hatte meine Augen halb geschlossen und genoss die Segnungen, die mir dieses Weib zukommen ließ.

Susanne hatte aufgehört, zu wichsen. Bevor sie sich auf mich setzte, beugte sie sich über meinen Schwanz, nahm ihn in die Hand und leckte mit der Zunge seine Unterseite.

Ich hörte mich leise aufstöhnen.

Dann setzte Susanne sich auf mich und mein Schwanz lag jetzt zwischen uns, mit der Unterseite genau an ihrer Spalte und sie begann, ihn langsam zu reiben.

Und immer dann, wenn die Schwanzspitze an ihrer Öffnung war, hoffte ich, sie lässt ihn jetzt 'rein gleiten.

„Nee, soweit sind wir noch nicht!", sagte Susanne und rieb weiter mit ihrer Spalte meinen Schwanz.

Der war jetzt so groß und so steif und knüppelhart, so dass eine Steigerung dieses Zustandes nahezu ausgeschlossen war.

Dann, ohne Vorwarnung, war mein Schwanz in Susanne eingedrungen. Was sie mir mit einem leisen Aufschrei bedankte und jetzt begann, mich zu ficken.

Langsam hob und senkte sie sich auf meinem harten und steifen Schwanz.

Irgendwann hatten wir besprochen, dass die Phase unserer Fickerei, wenn sie auf mir saß, möglichst lange dauert und sie mich daher langsam ficken sollte.

„Gerne, mein Lieber!", war ihre Antwort und seitdem hob und senkte Susanne sich immer dann beinahe im Zeitlupentempo, wenn sie auf mir saß und mich fickte.

Sie hatte sich wieder sehr gerade auf mich gesetzt und ihren Kopf mit den geschlossenen Augen in den Nacken gelegt. Jetzt kamen ihre wunderschönen und prallen Brüste sehr gut zur Geltung. Susannes Oberkörper war, wie immer, wenn sie auf mir saß, unter Muskelspannung.

Während meine Hände ihre Schenkel umfassten und ich so Susannes Ficktempo etwas beeinflussen konnte, stützte sie sich nach hinten auf meine Beine ab.

Immer dann, wenn mein Schwanz wieder und wieder in sie eindrang, stöhnte Susanne auf. Mal etwas lauter., dann wieder leiser.

Dann beugte sie sich über mich und die Nippel ihrer Brüste streiften über meine Haut. Sie hob ihr Becken an und flüsterte mir in mein rechtes Ohr:

„Fick' mich jetzt bis zum Ende! Bis dein Samen in mich strömt!"

Mit beiden Händen hielt ich Susanne an den Schenkeln fest und begann sie, wie verlangt, zu ficken.

Zunächst etwas langsamer, was sie mir bei jedem Stoß mit einem kleinen und leisen Aufschrei dankte.

Dann wurde ich allmählich schneller und

Susanne, die jetzt mit ihrem Oberkörper auf mir lag, stöhnte und jammerte ihre Lust in mein Ohr.

„Mach schneller! Gib mir deinen Samen!", bettelte sie.

Sie musste bemerkt haben, das sich in meinem Innersten der Samen begann, zu sammeln und Susanne begann, mitzuficken.

Aber ich wollte nicht, dass mein Schwanz aus ihr heraus rutschte.

Darum hielt ich Susanne weiter an ihren Schenkeln fest und fickte sie mit schnellen und tiefen Stößen solange, bis mein Samen aus meinem Schwanz geschleudert wurde. Tief in sie hinein. Und auch den letzten Samenfaden dieser Ladung fickte ich in Susanne hinein.

Danach lag sie schwer atmend auf mir und hatte ihr Becken ebenfalls auf mich gelegt.
Ich genoss diese Pracht von Weib und begann, sie mit Streicheleinheiten zu verwöhnen.

Nachdem Susanne sich etwas beruhigt hatte, sagte sie leise:

„Und jetzt noch 'mal! Einen Doppelfick! Bitte!"

Mein Schwanz steckte noch tief in ihr und sie begann, ihn mit ihrer Muskulatur zu massieren. Kaum zu bemerken und daher sehr sanft. Dennoch spürte ich das und mein Schwanz verkleinerte sich nicht weiter. Im Gegenteil! Er schwoll erneut an!

Und somit konnte ich gern Susannes Wunsch erfüllen.

Langsam und vorsichtig begann ich, Susanne und mich zu drehen, ohne dabei meinen Schwanz aus ihr herausrutschten zu lassen.

Das hatten wir bereits einige Male getan und so eine gewisse Erfahrung erworben. So meinte Susanne dann auch, nicht als Mahnung, eher, um mich 'dran zu erinnern:

„Und schön 'drin bleiben! Sonst ist das so leer in mir!"

Und das wollte ich nicht. Also bemühte ich mich, in ihr zu bleiben, was selbstverständlich ohne weitere Mühe gelang: Nach wenigen Augenblicken lagen wir so aufeinander, dass unser zweiter Fick beginnen konnte.

Ich habe bereits ausführlich beschrieben, dass Susanne und ich in der Regel keinen Blümchen-Sex miteinander hatten. Aber immer dann, wenn wir zweimal sofort hintereinander fickten, war der zweite Durchgang ruhig. Beinahe beschaulich.

Susanne hatte ihre schönen und wohlgeformten Schenkel an beiden Seiten neben mich gestellt. Meine Hände hatte ich unter ihren Po geschoben und mein Oberkörper lag etwas neben ihr. Susanne hatte einen Arm um mich gelegt und sagte leise:

„Ganz tief und langsam ficken! Bitte!"

„Ja!"

Mein Schwanz war inzwischen wieder zu respektabler Größe angewachsen und ich begann, so wie von Susanne erbeten, ihn langsam in ihr zu bewegen.

Nach wenigen und tiefen Stößen legte Susanne ihre Füße auf meine Beine und klammerte sich an mir fest.

Ich hatte meine Hände soweit unter Susanne geschoben, dass ich ihre Pobacken zusammen drücken konnte und bei jedem Stoß meinen Schwanz spürte.

Ich fickte sie jetzt gleichmäßig, wurde weder schneller noch langsamer, während Susanne sich nicht bewegte und mein Tun mit leisem und genussvollem Stöhnen begleitete.

Nun zog sie ihre Beine hoch und legte ihre Füße auf meinen Rücken. So spürte ich ihre wohlgeformten Schenkel an meinen Seiten. Sie begann jetzt, leicht mitzuficken und drückte mich mit ihren Füßen in sich hinein und sagte:

„So ist es schön! Mach weiter so!"

Diesen Wunsch erfüllte ich ihr gern. Denn noch hatte ich nicht bemerkt, dass mein Samen begann, sich zu sammeln.

Ich wusste aber auch, wenn ich jetzt begann, Susanne schneller zu ficken, würde mein Samen bald in sie hinein geschleudert werden.

Also ließ ich mich darauf nicht ein und fickte Susanne ruhig und tief und mit gleichmäßigen Stößen.

Dann bemerkte ich allerdings doch bald, mein Samen wollte hinaus und in Susanne hinein gefickt werden. Das sagte ich ihr und sie bat mich, weiter zu machen.

Ich hob sie mit meinen Händen, die noch immer unter ihrem Po lagen, leicht an und begann, schneller zu ficken, bis Susanne mich aufforderte:

„Dann fick' jetzt deinen Samen tief in mich 'rein!"

Nachdem ich mit meinem harten Schwanz noch einige und tiefe Stöße in Susanne machte, löste sich mein Samen. Und genau in dem Moment, als mein Schwanz nach einem Stoß am tiefsten in ihr war, wurde er in sie hineingeschleudert.

Wofür sich Susanne mit zwei oder drei leisen Rufen nach meinem Namen bedankte.

Dann lagen wir erneut schwer atmend aufeinander und Susanne meinte:

„Das war ja wieder eine ordentliche Ladung!"

„Wie es sich gehört! Alles!"

„Will ich auch haben, bei jedem Fick!", sagte Susanne und nahm ihre Füße von meinem Rücken.

Ich zog meine Hände unter ihrem Po hervor und legte sie statt dessen auf ihre schönen Schenkel.

Susanne zog die Bettdecke über uns und bald hörte ich ihr gleichmäßiges Atmen. Ich legte mich mit meinem Oberkörper an ihre Seite.

Später, im Halbschlaf bemerkte ich, wie mein Schwanz, inzwischen zur Ruhegröße verkleinert, aus Susanne heraus rutschte.

Und als ich mich zur Seite legte, flüsterte Susanne in mein Ohr:

„Nachher noch 'mal ficken! Nur mit dir!"

Epilog

Wir hatten nie darüber gesprochen und somit auch nicht vereinbart, dass immer derjenige das Frühstück bereitet, in dessen Bett gemeinsam die Nacht verbracht worden war.

Als ich aufwachte, lag Susanne nicht neben mir. Auch in den anderen Räumen meines Wohnateliers suchte ich sie vergebens.
Statt dessen lag auf dem Fußboden im Flur ein Bogen Papier.
Auf den hatte Susanne geschrieben, dass ich so sehr fest und friedlich schlief und sie mich deshalb nicht wecken wollte. Und schließlich würde sie sich bei mir auskennen und wissen, wo alles Benötigte steht und liegt.
Auf dem Rand des Papiers hatte Susanne noch geschrieben:
„Das Auto steht, wie immer, in einer Nebenstraße vom Bahnhof und ich bin über'n Tag im Büro zu erreichen!"
Das Auto solle ich dann (durchgestrichen) möchte ich bitte, heute, am Abend, zu ihr bringen. Und lieben würde sie mich auch. Stand da geschrieben.

*

Um zehn klingelte das Telefon. Ich schaffte es, noch vor dem letzten Klingelton die grüne Taste zu drücken.

Aus Susannes Büro wurde angefragt, ob sie bei mir wäre. Was ich verneinte. Wahrheitsgemäß.

„Hier ist sie auch nicht!", sagte die Frau im Büro.

„Ist es möglich, dass Sie jemanden zu ihrer Wohnung schicken?", fragte ich.

„Stimmt! Danke!"

Etwas mehr als eine halbe Stunde später rief die Frau aus Susannes Büro erneut an, um mir mitzuteilen, zu Hause hätte man die Chefin nicht angetroffen.

„Vielleicht ist sie zu einem Kunden gefahren?", fragte ich.

„Dann hätte Susanne sich gemeldet. Das ist so vereinbart und sie hat das immer, ich wiederhole, immer, befolgt!"

„Wenn ich etwas erfahren habe, dann melde ich mich!", sagte ich und beendete das Gespräch.

Ich wollte mit der mir unbekannten Frau aus dem Büro am Telefon nicht weiter die Eventualitäten von Susannes Verbleib besprechen.

Dann blickte ich aus dem Fenster und sah Susannes Auto, einen roten Kleinwagen, auf der anderen Straßenseite stehen.

„Also ist sie nicht mit dem Auto zum Bahnhof gefahren...", sagte ich leise.

Ich hatte gehofft, das Auto wäre weg und Susanne allein irgendwohin gefahren. Vielleicht zum Haus am Strand. Etwas holen, was sie vergessen hatte. Oder ein Anruf hätte sie, nachdem Verlassen meiner Wohnung, zu ihrer Mutter und ihrem Vater gerufen.

Jetzt rief ich bei Jo an. Aber auch der konnte mir keinen Hinweis geben.

„Vielleicht ist sie weg. Ganz einfach weg!", sagte Jo.

Ich verstand nicht, was er damit meinte und fragte:

„Wie meinst du das?"

„Na, eben weg!", sagte Jo. „So wie derjenige, der vom Zigaretten holen nicht wiederkommt. Und sich nach Jahren von irgendwoher eher zufällig meldet..."

„Quatsch!", entgegnete ich.

„Jeden Tag verschwinden Leute!", gab Jo dann noch zu bedenken, bevor ich mich für seine Auskunft bedankte. Was nicht stimmte. Und dann den Hörer auflegte. In diesem Fall die Taste mit dem roten Telefonhörer drückte.

Nach dem Anruf begann ich, mir einzureden, Susanne ist eine erwachsene Frau, die weiß, was sie tut. Und ebenso weiß, was sich gehört. Da ist, sagte ich mir immer wieder, irgendwas geschehen oder dazwischen gekommen, was sie daran hinderte, sich zu melden. Egal, bei wem.

Gegen Mittag, so kurz vor eins, hörte ich erneut das Telefon klingeln. Michael, ihr Geschäftspartner aus dem Büro, meldete sich und sagte, sie hätten noch immer keine Nachricht von Susanne. Und sie wüssten auch nicht, wo und bei wem sie noch nachfragen sollten.

Noch während Michael und ich telefonierten, klingelte es an meiner Tür. Nicht einmal oder zweimal. Sondern sieben oder acht Mal nacheinander. Mit nur sehr kurzen Pausen.

Ich bat Michael um die Unterbrechung unseres Gesprächs.

Schnell ging ich zur Tür, öffnete und dann sah ich in das vom Weinen gezeichnete Gesicht einer jungen Frau. Es war Hella, Susannes Freundin.

Und in diesem Augenblick ahnte ich nichts Gutes.

Hella lief, wortlos und leise schluchzend, an

mir vorbei und in die Küche.

Ich schloss die Tür und ging ihr nach. Dann fragte ich:

„Was ist los?"

Doch Hella sah mich nicht an und sagte nur ein Wort:

„Susanne!"

In diesem Augenblick wusste ich, es ist etwas sehr Schlimmes geschehen. Denn Hella wurde wieder und wieder von heftigen Weinkrämpfen geschüttelt.

Ich überlegte, ob ich für sie medizinische Hilfe organisieren sollte.

Doch dann berichtete sie mir klar und deutlich und in wenigen Sätzen, sie hätte sich mit Susanne am Bahnhof verabredet. Und in dem Moment, als Susanne Hella erblickte, ist sie los gelaufen, dann gestolpert und von einem vorbeifahrenden Auto erfasst und zwischen zwei Straßenbahnwagen geschleudert worden...

Nachsatz: Es war für mich sehr lange unvorstellbar, der letzte Mensch gewesen zu sein, mit dem Susanne gesprochen hatte. Abgesehen von irgendwelchen Belanglosigkeiten gegenüber anderen Leuten...